青春文学精品集

快乐是
婉转的小夜曲

《语文报》编写组　选编

时代文艺出版社

图书在版编目（CIP）数据

快乐是婉转的小夜曲 / 《语文报》编写组选编. --
长春：时代文艺出版社，2022.3
（青春文学精品集萃丛书. 快乐系列）
ISBN 978-7-5387-6965-4

Ⅰ.①快… Ⅱ.①语… Ⅲ.①散文集－中国－当代
Ⅳ.①I267

中国版本图书馆CIP数据核字(2022)第021215号

快乐是婉转的小夜曲
KUAILE SHI WANZHUAN DE XIAOYEQU

《语文报》编写组　选编

出 品 人：陈　琛
责任编辑：余嘉莹
装帧设计：任　奕
排版制作：隋淑凤

出版发行：时代文艺出版社
地　　址：长春市福祉大路5788号　龙腾国际大厦A座15层　（130118）
电　　话：0431-81629751（总编办）　　0431-81629755（发行部）
官方微博：weibo.com/tlapress
开　　本：650mm×910mm　1/16
字　　数：135千字
印　　张：11
印　　刷：永清县晔盛亚胶印有限公司
版　　次：2022年3月第1版
印　　次：2022年3月第1次印刷
定　　价：38.00元

图书如有印装错误　请寄回印厂调换

编 委 会

主　　编：刘应伦

编　　委：刘应伦　赵　静　李音霞

　　　　　郭　斐　刘瑞霞　王素红

　　　　　金星闪　周　起　华晓隽

　　　　　何发祥　朱晓东　陈　颖

　　　　　段岩霞　刘学强

本册主编：温雪岗　孙宝栋

Contents

目 录

奋斗与梦想

我心中的高地

快乐是婉转的小夜曲

课堂变身记

一路陪伴，一路香

快乐是婉转的小夜曲

奋斗与梦想

拍微电影的快乐

何睿奇

周六，妈妈带我去拍微电影。在路上，我好奇地想："微电影是怎么拍的呢？一定很好玩吧？难不难呢？估计是张飞吃豆芽——小菜一碟！"

一会儿，我们来到了拍摄地点。我昂首挺胸、精神抖擞地来到摄影室，一进去就看见两架"威猛"的相机，张开大口对着我，好像在说："小朋友，孙悟空你一定很喜欢吧，今天就让我来帮助你圆梦吧。"我开心地换了一身金色的衣服，伸伸胳膊，扭扭腰，还潇洒地做了几个《西游记》中孙悟空挠头的武打动作，心里好不得意，心想："孙悟空神通广大，今天终于可以做一回机灵聪明的孙悟空了！"

开始拍了，起初，我还感到很简单，孙猴子不就是扑、跳、跑那几招吗？可后面就不妙了，有很多高难的动作，飞腿、劈叉、跳高，我上蹿下跳，一会儿工夫，我就累得气喘吁吁，大汗淋漓。摄影师只好停下来，让我休息了五分钟后，再次悉心指导起来——踢腿要有力、出拳要到位、前滚翻要连贯……

半个小时过去了，我已经头晕眼花，分不清东西南北了，负责拍摄的那位帅气的大哥哥笑着说："小朋友，要做孙悟空，可不能怕吃苦啊！"大哥哥将机器暂停，再次让我休息几分钟。我才缓过气来，接着又开始打坐，可是打坐也没有想象的那么容易，两腿要盘起来，背部要挺直，打坐了几分钟，我的腿脚就麻木了。拍摄完，我一下子就瘫倒在地上。拍摄微电影真没有想象中容易！

　　拍摄的影片出来了，我和妈妈津津有味地欣赏起来。看到自己辛苦拍摄的成果，我开心地笑了。第一次拍微电影让我难忘！

走，踏春去

刘友晴

周末，我和爸爸妈妈去踏春。

迎着春风，晒着暖阳，我们来到了义乌市鸡鸣山。一路上，有茂盛的大树和翠绿的小草相伴，小鸟清脆地叫着，好似在为我们歌唱，欢迎我们的到来。

我们沿着小径走上山顶。放眼一望，哇，这里真美啊！小树刚冒出鹅黄的嫩芽，小花擎着粉嘟嘟的花朵，大片的四叶草在春风中摇摆，活像跳舞的仙子。

妈妈说："艾草是在春天发芽，艾草叶可以做清明馃，我们去找艾草好吗？"我欢欣鼓舞地说："好啊！"

妈妈先找了一棵艾草让我看，我发现艾草上面是嫩绿色的，背面是灰白色，每片叶子上都有分叉，有点儿像芹菜的叶子，有一股浓厚的清香味。认识它后我开始睁大眼睛寻找，一棵棵艾草躲在藤蔓中，就像在和我们玩捉迷藏，时而现，时而隐，时而多，时而少。有一些艾草长在荆棘之中，为了避免割到手，我们必须小心翼翼地把它摘下来。妈妈说摘艾草可有讲究了，要摘最嫩的顶端部位，就像采茶叶一样。

摘完艾草，我们向田野走去。田野里有金灿灿的油菜花，红艳艳的桃花，紫莹莹的豌豆花，还有一些色彩鲜艳的不知名的花，我们好像徜徉在花的海洋中。田野里，还有勤劳的农民伯伯在播种，这不禁让我想到了"一年之计在于春"这句话，农民伯伯在春天的辛勤劳动定会获得大丰收。

这次踏春让我感受到了春天的美丽，也让我明白了春天是播种希望的季节。只有在春天里勤奋耕耘，秋天才会收到丰硕的果实。

奋斗与梦想

张晓萌

奋斗，扬起黑发，放飞梦想。

——题记

展翅高飞的鸟儿，带着我的梦想，飞翔吧；空中鲜红的太阳，带着我的梦想，燃烧吧；手中的笔，带着我的梦想，奋斗吧！

心中总有那么一丝触动，勾起蕴藏已久的梦想。我倚在窗边，沐浴着那温暖阳光，享受着这宁静的分分秒秒，昂起头，望着蓝天中的鸟儿。鸟儿带着我那蓝色的梦，翱翔在洁白的云朵中，总是那么惹人喜爱。阳光越来越炽热，暖着我的心。提起伴我成长的笔，翻开那温馨的日记本，我挥洒着辛勤的汗水，记录下一天的点点滴滴……

那一天，我站上了主席台，深情地演讲着，心在不知不觉中被填满了，也许，我真的长大了。烈火已燃烧，心暖暖的，高歌吧，我做到了，我成功了！当我挂上那光荣的名牌——学生会副主席，戴上那鲜红的袖章——学生会监督岗时，我心潮澎湃，百感交集，我知道，这是全校师生对我的信任，也是对我的考验。从此，我不再是那整天嬉笑的小女孩儿了，我的肩上多了责任。

在爱与痛的交织中，在昼与夜的轮回中，我寻寻觅觅。在满天繁星中，我终于找到了属于我的那一颗星星，那么闪亮，那么灿烂，在天空中调皮地眨着眼睛，那样纯真，那样开朗。它虽不是最闪亮的一颗，但却是最耀眼的一颗，因为我会用希望与热情去点燃它，丰满它，让它一点一点做到最亮最闪，让它发光发热，不仅自己美，也会感染他人，共同照亮整片天空！

我知道，再多的华丽语言只不过是一时的激情，持续的行动才是开在成功彼岸上的鲜花。

奋斗与梦想连成一条线，共同点亮整个"星空"。

巴士逃生记

徐昱婷

　　少先队员每天都要戴红领巾。我呢，既有一条红领巾，又有一条蓝领巾。这条特别的蓝领巾是我参加巴士逃生安全活动时，教官发给我的。

　　今年7月6日上午，我参加了蓝领巾夏令营的巴士逃生安全活动。早上八点，我和妈妈、奶奶来到了大名府。我们三十个小朋友分成红、黄、蓝三队。等了一会儿，来了一个长相黑瘦、神气威武的教官。他先做了自我介绍，然后给我们讲解了一些简单的逃生知识。他还特别介绍了一种"国际敬礼法"：右手大拇指压着小指，代表大的保护小的，另外三根指头伸直并拢，在左眉毛旁敬礼。在讲解的过程中，顾教官不时地讲一些笑话，让我们放松紧张的心情。

　　活动正式开始了，第一个项目是紧急逃生。教官要求我们上车并系好安全带。他一拍手，我们就像热锅上的蚂蚁一样，一边喊一边向车门冲去，用了三十七秒钟才完成任务。顾教官严肃地说："这样可不行。按你们的速度，浪费一秒就等于牺牲了一个人。"于是，我们再次挑战。第二次用了三十二秒，进步了。

上车后，车厢里突然浓烟滚滚，我们连忙用衣服捂住鼻子，弯着腰，弓着背，一个跟着一个有次序地下了车。我和同学们呛得不行，顾教官则像父亲对待孩子一样，亲切地让我们喝水解呛。我的眼泪都流出来了，也不知道是感动的，还是被呛的。

第二个项目是击碎玻璃。我戴上手套和眼罩，拿起安全锤，使劲儿地敲击玻璃，可玻璃却安然无恙，丝毫没有要碎裂的意思。顾教官手把手地教我："用锤子的尖头对准一块玻璃角，因为四个角是最脆弱的，中间是最牢固的，不容易被敲破。""当！当！当！"一下，两下，三下，功夫不负有心人，我终于把玻璃敲碎了！

第三个项目是学习在垫子上翻滚。顾教官先亲自示范，然后让我们一个一个地在垫子上练习。激动人心的实践时刻到了——我们得从两米高的巴士车窗跳到垫子上。看着同伴们一个个从不敢跳到勇敢地跳下，我紧张得心都冲到喉咙口了。终于轮到我了。我伸出双脚，坐在车窗上。教官鼓励了我好几次，可我还是纹丝不动。"你再不跳，同伴们都要牺牲了！"听到这句话，我眼泪直流。我咬紧牙关，把心一横，眼睛一闭，跳了下去，在地垫上翻滚了好几下。顿时，现场掌声雷动，我既高兴又感动，一头扑进了奶奶的怀里。

短短的三个小时像龙卷风一样过去了，我们三十个小伙伴都学会了巴士逃生的本领，也懂得了"遇到困难要冷静地想办法"的道理。我真是既高兴又自豪！

出海捕鱼记

谭亦环

在澳洲旅途之末，我们准备游览大洋路。

刚坐上大巴车，导游就宣布了一条令人震惊的消息：走完一趟大洋路需要四个小时！我一算，来回要走八个小时。不就是一条野外公路嘛，只有一个正式景点，实在是令人失望。

我们行驶在郊外的路上，正当我盯着窗户发呆时，导游的声音响起："我们马上就要驶入大洋路了，途中你们将会看到温带雨林和卧龙湾。"温带雨林？我从小到大还没有见过真正的雨林哩！这勾起了我的兴趣，让我对这次旅行不再反感。

忽然，我察觉到了四周景物的变化：树木开始变得繁茂，巨树随处可见，林中更加幽暗。"各位，温带雨林到了，快打起精神，感受一下吧！"导游喊道。

大树粗壮的树根盘在地上，仿佛条条巨蟒；枝干交错，遮天蔽日。阳光透下来，光影斑驳，给雨林增添了神秘而久远的色彩。灌木又低又密，灌木下面有小花、野草；四周鸟鸣环绕，一声叠着一声，俨然一个翠绿盎然的世界！突然，我看见一个灰色的小东西趴在树上。啊，是考拉！考拉格外可爱，圆圆的小脸上镶嵌着如同黑珍珠般的大眼睛，圆润而深沉，两只毛茸茸的小耳朵，十分惹人喜爱。

汽车驶出了温带雨林，我们眼前出现一片如诗如画的景色，一边是水，一边是丛林。天很蓝，阳光照耀下的卧龙湾散发出神圣的光芒。

穿过这片美景，我们在咖啡馆里享用了一顿别有风味的午餐。来不及休息，我们便向大洋路的正式景点"十二门徒石"驶去。一下车，我们就走上观景台。海面上矗立着几块巨石，有高有低。这些石头已经站立了数万年，有些由于海浪经年累月的冲击已经坍塌，豪迈中透出无尽的沧桑。它们静静地立在那里，仿佛洞察万物；又像一位位战将，守护着这如诗如画的大地。湛蓝的天空万里无云，几只洁白的海鸥从天空飞过，留下一串串鸟鸣在天空徘徊。此情此景，我脑海中突然闪过一句话：此景只应天上有，人间难得几回逢！

一天的游览结束了，虽然很疲惫，我却兴致盎然，不断地回味着温带雨林、考拉、蓝蓝的海水，还有那世间少有的美景"十二门徒石"……澳洲大洋路啊，真是一个实实在在的人间天堂！

难忘的周末

伊鹏飞

这个周末真难忘，我跟随二舅观看了电影《梨花情》的拍摄，现在回想起来，一些都是记忆犹新。

一大早，我和二舅乘车来到了原平市楼板寨乡王家营村。这里山清水秀，风光宜人。下车后，我才知道这里正在拍摄电影，难怪村里的广场上人山人海，那么热闹呢。

我怀着一颗好奇的心走了过去，虽然人多得连气都喘不过来，但是大家都在看拍电影，全场鸦雀无声。演员们正在走戏，导演不满意，一遍又一遍不停地重拍。我想，做演员真辛苦啊，光一个场景，就重拍了二十多次，演戏真是太难了。

中午，二舅安排我和剧组的叔叔阿姨们坐在了一桌。他们都是演员，其中有两位大家都很熟悉，一位是《亮剑》中的常乃超师长，一位是土匪头子谢宝庆。两位大腕看起来就像邻家大叔，很和蔼，我们还合了影，他们鼓励我好好学习，让人感觉很温暖。在两位大叔的关照下，我的午饭吃得有滋有味，大米饭加烩菜，真香真好吃。

下午，二舅有事要忙，没有时间陪我，我就和二舅同来的朋友们去小河边抓蝌蚪、逮青蛙、捞小鱼儿，看瀑布飞流，看小桥流水。

时间过得真快，不觉已近黄昏。回去的路上，我们特意去了原平市最大的水库——观上水库，那一望无际的水面，烟波浩瀚，犹如大海一样宽广，水面上小船荡漾，飞鸟盘旋，让人流连忘返。

回家的路上，道路两旁的行道树嫩绿光鲜，风景无限秀美。这周末的郊游，我真是难以忘怀啊！

她的"自画像"

周　迪

　　她爱哭，但她的自控能力特别好，哪怕受到再大的委屈，也不会在众人面前号啕大哭。她总是默默地哭，因为她不想让别人看到她的泪水，所以她习惯于让泪水在心里静静流淌。

　　她爱笑。她从不隐藏自己的心情，几乎每天都会开心地笑。在校园里遇见老师、同学都会微微一笑，就连上课听讲也不忘向老师会心一笑。在校园外邂逅亲朋好友，她会露出惊喜又幸福的笑。

　　她坚强。自小爸爸就向她灌输"从哪里跌倒，就在哪里爬起"的道理。失败、挫折对她来说是再平常不过的事情了。考试不及格，她会主动从自身分析原因，争取下次赶超别人；长跑失败，她会不惧严寒地早起，继续加强训练，直至夺冠，同学和老师无不称她为"不服输的女孩儿"。

　　爱撒娇。她只爱在一个人面前撒娇——奶奶。在她美好的心灵深处，谁也替代不了奶奶的位置。因为奶奶是最疼她的人、最爱她的人、最能读懂她心思的人。

　　臭脾气。当她生气或心情不好的时候，尽量不要去招惹她，否则，她会不讲三七二十一，劈头盖脸对你大发雷霆。过后，她又会主动地向你说声"对不起"。

脑子笨。有时别人说一句意思非常简单的话，她却要愣怔片刻，而后才明白别人的意思。更甚者，有的她压根就没明白过来，只好私下寻朋友做进一步的解释。

她喜欢静，一个人在没有任何干扰的环境里，畅快地聆听忧伤的歌。

她喜欢闹，和朋友痛痛快快、疯疯傻傻地一块儿玩耍。

……

哟，你看我这记性，只顾着给大家介绍她的"自画像"，差点儿忘了告诉大家一个小秘密。其实呀，文中的她就是我哦——一位普普通通、说不出到底是什么性格的乡下女孩儿——周迪。

我的"包包控"妈妈

林 凡

"手机控""自拍控""美食控"……大千世界,"控控家族"的成员数量越来越庞大,而我的妈妈便是这"控控世界"里的"包包控"。

不知从什么时候起,我的"包包控"妈妈就已经被包包诱惑得神魂颠倒了。她七天一小包,十天一大包……天长日久,家里的大柜子小柜子无所不"包",连衣柜也成了"包柜"。

还记得有一次,妈妈翻箱倒柜地把大包小包拿出来,然后把它们全都塞进了一个大袋子里。我好奇地问:"妈妈,你这是要干什么?拎着你的大包小包到大街上摆地摊啊?"

"嗯……这些包放着也是放着,我正要把它们捐出去呢!再说了,旧的不去,新的不来嘛!"妈妈略显尴尬地答道。

"哦——我知道了,你这叫一箭双雕呀!不仅可以做慈善,还为新包'入住'腾出了空间!"我一下子就看破了妈妈的心思。

"你看你,明明懂我,何必还问呢?"妈妈嬉笑道。她又向我努了努嘴:"不过……不过别跟你爸说哟!"

望着妈妈忙碌的身影，我只能在心里感叹："唉，真是江山易改，本性难移啊！"

没过几天，妈妈又优雅地拿着一个崭新的大红挎包回家了。我怒吼道："妈妈，这段时间你已经买了五个包了！怎么还买？"

"宝贝，你不知道，现在的包好容易过时哟！包要跟衣服搭配，不多不多。"妈妈露出自豪的神色，一边说着，一边从大包里又取出一个钱包，得意地对我说，"你看看，我还买了个新钱包！好看不？"天哪，妈妈居然还"大包大揽"！我对她彻底无语了。

这就是我妈妈的日常生活：包攒多了，就把陈旧点儿的捐出去，然后再买新的。再买再送，再送再买……如此循环往复。我只能在心里对这个"包包控"妈妈说：小心你的计划"败露"！到时候，看我老爸怎么"收拾"你！

银 川 行

刘澄睿

　　我总听爸爸提起他小时候上学的地方——银川，于是，银川也成了我向往的地方。这个假期，我们终于可以去银川了！

　　沙坡头是银川必去的景点之一。浩瀚无垠的腾格里沙漠，沙海茫茫，金涛起伏，而黄河水仿佛一条流彩的缎带，为沙漠平添了一份灵动。

　　景区的东边有一块平整的沙滩，那里卧着许多庞然大物，它们就是有"沙漠之舟"美誉的骆驼。骆驼虽然体形庞大，性情却十分温顺。它们的前腿跪在沙子中，等着人爬到它们的背上。爸爸勇敢地骑了上去，我也迅速爬到一匹白色的骆驼上。妈妈胆小，骆驼站起来的时候，她吓得失声大叫。我觉得，用双手把住骆驼硕大的驼峰，在悠远的驼铃声中前行，真是一种美的享受！但妈妈一路都很恐惧，不时地叫，好像快要哭了，她没能享受到骑骆驼的美好。

　　我们骑着骆驼到了沙坡顶上，我脱了鞋，爸爸拉着我的脚往下跑。沙子那么细，那么软，那么滑，我躺着往下滑，一路开心地大笑。这里的滑沙与滑索太高了，我没有勇气体验。玩累了，我们坐在沙坡上观看羊皮筏子在滚滚黄河水上奔驰，看着沙漠高处的人使劲儿往下冲，我还看见了黄河边上的芦苇在微风中摇摆。

第二天，我们去了沙湖。沙湖和沙坡头并不一样，沙坡头是黄河流经沙漠中形成的一片绿洲，而沙湖则是湖的中间有一个沙岛，沙岛里面就和沙坡头差不多了。这里的滑道比沙坡头略短一些，小孩子也可以玩。沙坡上一排排的滑道列队迎接着来自五湖四海的客人。坐在滑车上，系好安全带，工作人员一推，我就像箭一样冲了下去。风在耳边呼呼地响着，虽然很刺激，但并不令人害怕。滑的时候一定要老老实实地待着，否则，你就会像我一样摔个狗啃沙。我反反复复玩了好多次滑沙，还是觉得不过瘾。但是天晚了，我们得走了。

后来，我们又去了贺兰山、镇北堡影视城、西夏公园，每个地方都很有特色。特别是西夏公园，里头的游玩设施都是木头做的，涂着艳丽的颜色，又好看，又古朴。

我期待下一个假期，再到银川去。

听　雨

许茹青

　　我喜欢下雨：喜欢听雨滴在地上的声音，美妙而空灵；喜欢在雨中漫步，享受那难得的一份舒适与惬意；喜欢雨落在皮肤上的感觉，冰凉而有一种心灵的默契；喜欢弥漫在雨中的清新的泥土芳香……雨具有无穷的魅力。今夜下雨，我静静地享受着雨的美妙与神奇。

　　我打开卧室的窗，静静地躺在床上，闭上眼睛，感受着雨带来的湿湿的凉风。风拂在我的脸上，犹如婴儿厚软的手柔柔地摸着。我又仿佛置身于梦的天堂，缥缈而恍惚。我觉得自己在天空中轻盈地飞，扇动着薄薄的羽翼。

　　风轻轻地吹，雨淅淅沥沥地下。我听见雨点落在邻家的房檐上，逐渐汇成一滴滴硕大的雨珠，沿着房檐慢慢滚落，"吧嗒！""吧嗒！"风渐渐大了，雨点越来越急，如子弹一样迅疾射下。风声雨声汇在一起，好像演奏至高潮的器乐合奏曲。黑暗中，不时有车灯的亮光穿透雨水闪过。泥土的芳香随风飘进来，在我的室内氤氲着，弥散着。

　　雨渐渐小了。我来到院子里，踩着水，感受着雨的清凉。我张开双臂，拥抱那袭袭凉风，倾听雨滴偶尔滑落。地上的水洼亮晶晶的，像星星不小心掉进去了一样；又像少女的眼睛，蓄着美丽的梦。雨窸窸窣窣地，仿佛一些人在暗处窃窃私语。

　　我回到房间，在风的抚摸中，在雨滴时急时缓的弹唱中，感受着雨的魅力，渐渐进入梦乡。

我心中的高地

"为什么"同桌

范宇佳

"为什么牙齿有不同的形状？""为什么早晨记忆力特别好？""人为什么会做梦？"……无数个为什么回响在我的耳边。我这个同桌马宇豪可真够烦人的，一天到晚问个不停。

有一次，我们看海豚表演节目，驯养师在黑板上写"5+2=?"，海豚马上用身体拍打了七下水面。同学们都惊叹不已，马宇豪却立刻好奇地问："海豚为什么这么聪明啊？"

我不耐烦地说："不知道！别打扰我欣赏海豚表演。"

第二天，他在教室里兴奋地大喊大叫："我知道海豚为什么那么聪明了！"那情形仿佛哥伦布发现了新大陆，又好像他中了十万元大奖。

他滔滔不绝地说："海豚的大脑与身体重量的百分比远远超过黑猩猩，是和人类最接近的、头脑发达的动物。"

他拉住我的手，兴奋地说："甚至有人说，海豚是人类的祖先！"

我惊讶极了！不禁也被他感染了，心想：还有这样的事？

不久后，我们班举行了一场知识问答的班会活动。老师站在讲台上问："谁知道荷兰的首都在哪儿？"

"阿姆斯特丹！"他脱口而出。

我想起来了，我们刚刚学过《牧场之国》这篇课文，当时他就问我："你知道荷兰的首都是哪儿吗？"想必他课后一定查过资料了。

"年纪大了头发为什么会变白？"

"人体毛发的颜色取决于体内的色素细胞，我们的黑发就是黑色素细胞产生的黑色素造成的。人年纪大了，黑色素的形成过程发生障碍，新长出来的头发缺乏黑色素，所以头发才会变白。"他胸有成竹地回答。

在接下来的问答中，我们都哑口无言，被这些题目难住了。他却一帆风顺，轻松地答了出来。同学们纷纷向他投去赞许的目光。

有人说："太厉害了！他是怎么知道的？"

有人说："哇！简直是一本厚厚的百科全书啊！"

马宇豪的大量知识都是在平常的不懂就问和勤于思考中积累的，我现在是越来越佩服这个"为什么"同桌了！

劳动小组长的烦恼

李 浩

　　大家都觉得当劳动小组长是一种光荣，有时还能登上值周生的宝座，可自从我当上了值日小组长以后，便有了不计其数的烦恼。

烦恼一：遇到"大懒虫"

　　"放学了！"同学们兴高采烈地大喊着，而我在这边声嘶力竭地一遍又一遍地喊："值日的同学到这边集合！"嗓子都快吼破了，才把他们聚到了一块。"清点人数！"我镇定自若地说道，"五个人，少了两个。"仔细一看，果不其然，又少了那两个活蹦乱跳又令人无可奈何的队员，他们不值日已经不是一两次了。真苦恼！我既要打扫过道，又要擦暖气，还要把后面的地扫得一尘不染。干完这些后，我气喘吁吁的。唉，当个劳动小组长实在不容易呀！

烦恼二：遇到"捣蛋鬼"

有一位队员扫完了，叫我过去检查，我快马加鞭地跑过去，看着他满脸的假笑，我就怀疑有诈。我一丝不苟地查看。突然，我发现一个桌子后面的角落里有白色的东西。我们的地板是绿色的，不可能有白色的东西，我仔细一看，原来是一张废纸。不仅如此，那个角落还有一些杂物，还好我有火眼金睛。我生气地让他将那块地扫干净，并拖三遍，他顿时叫苦不迭。

烦恼三：遇到"慢羊羊"

时间不知不觉溜走了，大部分队员的工作都做完了，教室里只剩下稀稀拉拉的几个人，我不得不催促那位像蜗牛一样还在打扫的队员。他呀，一边打扫卫生，一边和他的好友津津有味地聊天，两不耽误。我三份工作都干完了，他那一份还没有做完。此时，他又把我的话当耳旁风，依旧一边说笑一边慢吞吞地打扫。我在一旁等得心急如焚。又过了十分钟，他终于完成了。看来当个组长也需要有耐心呀！

为了让大家有整洁的学习环境，我这个劳动小组长的烦恼怎么才能少一点儿呢？大家快来帮我出出点子吧。

飞机学问大

丁入凡

常言道"天高任鸟飞"，那高远的天空是不是也能任由飞机自由自在地飞翔呢？这个暑假，我和夏令营的小朋友一起参观了长沙黄花机场民航交通管理中心，就让我来为你揭开谜底吧！

我们首先来到了民航空管中心的会议室，由工作人员阿娇姐姐为我们讲解飞机的起落升降，以及管理员如何指挥飞机等问题。阿娇姐姐说，别看飞机和汽车一个在天，一个在地，其实，它们很相似。汽车有车道，飞机也有航道；汽车有车牌号，飞机也有因目的地而异的"机牌号"；汽车需要交警来管理，飞机也需要交警，不，是空中交通管制员来管理……

可是，在空中真的会有一个"交警"盯着飞机往来并打手势指挥交通吗？当然不会啦！那该怎么办呢？阿娇姐姐说，塔台管制员自有法宝——"千里眼"和"顺风耳"。"千里眼"是雷达。雷达利用了蝙蝠夜行的原理，将声波射出去，遇到飞机就反射回来，显示在电脑屏幕上，管制员就知道飞机大概在哪个位置，还可以提醒飞行员不要偏离航道。"顺风耳"是像对讲机一样的电磁波甚高频通信系统，可以让管制员与飞行员对话，让飞行员接收指令。

　　看我们听得一脸茫然的样子，阿娇姐姐建议我们跟着管制员叔叔实地观摩一下。于是，我们来到了雷达站。一进入雷达站，一台正在运行的电脑赫然映入眼帘，我吃惊得下巴都快掉到地上了——电脑显示屏上密密麻麻的，全是飞机号，连地名都被遮住了。原来，空旷而寂静的天上有这么多飞机呢！站在地上真是一点儿也看不出来啊！

　　接着，我们去了天线塔。塔可真高啊，有七八层楼那么高。塔顶那根大天线跟普通的天线不一样，不是又尖又长的样子，它看上去像一个放大了许多倍的梯子被横放在了转盘上。这根天线每四秒转一圈，转起来真有排山倒海之势。听说，它既要当"千里眼"，又要当"顺风耳"，真是肩负重任啊！我不禁对它肃然起敬。天线还有一个形影不离的好朋友——天线罩，它是球状的，像一个削去了底的球扣在天线上。天线罩由特殊材料做成，它好像跟雷电有仇似的，根本不让雷电进来；而电波却像持有通行证似的，进进出出都十分轻松。

　　最后，我们又参观了飞机指挥塔。到了塔台上面，我们连大气都不敢出。那里的每一个人都面色凝重，他们严肃而冷静地说着每一句话，指挥着飞机的飞行。我们不便久留，便去塔外看飞机起降。只见机场里停着好几个大家伙，它们都在安静地排着队。一架飞机准备就绪，就像一个正在苏醒的人一样，伴随着"隆隆"的声音向前滑行。然后，它慢慢抬起头，朝向蔚蓝的天空飞去。真神奇啊！

　　原来，飞机并不是"行李在手，说走就走"那么简单。小朋友们，跟着我一起参观了民航交通管理中心后，你是不是觉得自己对飞机懂得更多啦？

火车汽笛中的成长故事

张 羽

"嘀……"火车的汽笛响了，我坐在从郑州到宁波的火车上。唉，又是一次"外出求学"。这时，我的脑海中突然浮现四年前的那一段经历……

幼儿园和小学一到三年级，我都是在老家郑州上的。那时的我，每天除了去上学就是和伙伴们疯玩。不必说小小的土丘，也不必说密密的草丛，单是居民楼下的这一圈草坪，就已经成为我们的"战场"了。我们在这里找蜗牛，捉西瓜虫，拔野草，有时运气好了还会见到蝉。这时，我们可来劲了，找瓶子的找瓶子，挖土的挖土，灌水的灌水，忙得不亦乐乎！那时的我，真是无忧无虑，自由自在。

我不知道家里的人为什么要把我送到浙江，而且还是教育抓得很紧的宁波。也许是因为用"炮"炸毁了别人家的木栅栏吧，也许是因为毁了别人家的花盆吧，也许是因为偷了别人家的果子吧……我无从知道。总而言之，我不能再和我的伙伴们玩了，我不能再这样自由自在了。再见了，我的蜗牛！再见了，我的伙伴！

四年前的那天，我随爸爸从家出发去火车站。路上，昔日欢快的鸟鸣声没了，随风舞蹈的柳树此刻也停下了摆动。道旁的树低垂着头，似乎为我的离去而悲伤；小草无力地挥着手，似乎为我的离去感到不舍。这里的一切都将离我而去了，我此刻的心情是多么依依不舍啊！上了火车，我无心看一路的风景了，我躺在爸爸的腿上，在朦胧中睡去。

　　当我再次醒来的时候，我已经身在宁波了。这里的一切都是那么陌生，我紧紧抓着爸爸的手，生怕一不留神，没有跟上爸爸的脚步。

　　我来到了华泰小学。这里的老师上课时对我的要求好高啊，使我很不习惯，放学了，布置的作业又这么多。自由自在的老家郑州，我好想你啊！

　　但是，当我在这里待了一个星期后，我发现，这里的老师是那样和蔼可亲，这里的风景是那样怡人。我不禁喜欢上了这个沿海城市……

　　"嘀……"又一声汽笛将我的思绪拉回现实，火车已经开动了。我知道，我正在成长的道路上飞奔，前方等待我的是一个又一个车站，可能并不完美，但每段旅程都有独特的光彩。

我最敬佩的人

文择行

　　我最敬佩的人是我的爸爸。我的爸爸是医生，个子很高，不胖不瘦。棕色夹克配灰色休闲裤，是他最喜欢的着装。在很多方面，爸爸都是我的好榜样。然而，他最让我敬佩的地方，莫过于他宽容、坚强的品格和博大的胸怀。

　　一次，爸爸刚刚把汽车天窗打开就把手伸了出去，就在这时，我一不小心按下了天窗的关闭键。说时迟，那时快，车窗在我的注视下夹住了爸爸的手指。爸爸没有大喊，而是赶紧按下了开启键抽出了食指。待食指抽出来时我才发现，爸爸的食指已经被夹得鲜血直流，指甲变成紫黑色了！十指连心——爸爸疼得额头上冒出了许多汗，他忍着疼痛将车开向医院。我不时用眼角瞟爸爸，他紧锁眉头，眼角也微微颤抖，两只手放在方向盘上，受伤的食指翘得老高。不一会儿工夫，爸爸的食指变大了好多倍，远看就像一根胡萝卜。到了医院，拍了片子，医生告诉我们，爸爸的手指骨折了。

　　知道了这个结果，我低着头沮丧地跟着爸爸在医院里跑前跑后。我等待着一场即将来临的"暴风骤雨"，可是，爸爸什么也没说，只是有时会疼得吸冷气。后来，爸爸带着我开车回了家，看上去一点儿火气也没有。我一点儿也没看出爸爸要"收拾"我的迹象，害得我白白担心了很久！我亲爱的爸爸，您为什么不痛痛快快地说我一通呢？说了我心里能好受一些啊！唉，就这样，内疚折磨了我很长一段时间。

后来，妈妈问爸爸当时为什么没有训我，爸爸淡定地说："儿子又不是故意的，何必吓唬他呢？再说，他闯了祸，一定也不好受哇！他目睹我很痛苦就已经是一种惩罚了，我就不用再多说了嘛！"

听完妈妈的转述后，我不由得对爸爸肃然起敬。他的一举一动都将长久地影响我的人生。

野蛮公主养成记

孙嵁宇

　　每天早上，我都会听见妈妈在不停地洗洗刷刷，然后是"哗"的一声响——这是妈妈在冲牛奶。接着，又是一阵勺子搅拌的声响。妈妈如此精心服侍的对象是谁呢？如果你们以为是我，那就错了，妈妈服侍的是我家的小"公主"——泰迪狗。

　　泰迪狗长得很漂亮，浑身深棕色的卷毛，在阳光下闪闪发光，一双黑棕色的小眼睛犹如两颗黑宝石，镶嵌在可爱的小脑袋上。它的身材很迷你，只有爸爸的大手掌那么长。别看它长得萌，它可是一只有着"公主病"的"公主狗"哟。

　　每天早上，它都会傲娇地从自己的"城堡"里走出来，懒洋洋地伸个懒腰，然后缓慢地走向绘着卡通图案的饭盆，用舌头轻轻地舔几口水，再不紧不慢地转过头，去吃老妈为它精心调配的牛奶泡饼干。吃了一会儿之后，它会摇摇脑袋，抖抖身体，似乎在整理吃饭时弄乱的头发。吃饱之后，它会优雅地走回"城堡"，一路目不斜视，谁也不放在眼里。

　　有一次，妈妈不大舒服，没早起给"公主"准备早餐。"公主"起床后，看见饭盆里空空如也，十分生气，不停地围着妈妈的床"汪汪"直叫，就像公主在训斥管家。无奈，妈妈只好爬起来，把食物弄好，放进它的食盆里，它这才停止了叫唤。

"公主"很傲慢，还有点儿野蛮。一天，我和妈妈带着它去海边玩。我们正在欣赏美景，一只拉布拉多犬迎面走了过来。那只拉布拉多全身都是黑色的，站起来和我差不多高了。它看到了正在欢快玩耍的"公主"，猛地扑了上去！"公主"被这突如其来的状况吓得一哆嗦，像离弦的箭一样逃出老远。我立马捡起一颗小石头，扔向拉布拉多，它吓得往后一退，嘴里发出了低吼声。我见它还不走，便抄起一根粗树枝与它对峙。"公主"停下了逃跑的脚步，它看了看拉布拉多，又看了看我，终于冲了上来，站在我的身边，朝拉布拉多"汪汪"狂叫。拉布拉多也摆开架势，围着我们转圈。"公主"有点儿畏惧，慢慢地往后退，我则把树枝扔向拉布拉多。拉布拉多"嗷"地叫了一声，灰溜溜地逃走了。"公主"见敌人败退，赶紧追了上去，见追不上了，它便对着拉布拉多的背影叫个没完。在回家的路上，"公主"走起路来雄赳赳气昂昂的，好像打了胜仗一样。打那以后，"公主"越来越争强好斗了，连窜进小区的野狗也敢撵。

妈妈几次想给公主改名字，我都没有同意，因为，它是我们家独一无二的"野蛮公主"呀。

我和书的缘分

杜贞晴

人和书是有缘分的，你一旦遇见了一本好书，就如同在茫茫人海遇见了一个知己。它让你感到趣味无穷，让你朝思暮想，让你魂不守舍，把你的所有注意力都吸引过去了。

比如有一次我和妈妈去书店买了一本《鲁滨逊漂流记》，回到家，我连忙打开书，在自己小小的房间里读得津津有味。我深深地被鲁滨逊的悲惨遭遇吸引，恨不得马上看完，竟不知不觉已经到了午饭时间。妈妈喊我一遍，我听不见；再喊，还听不见。后来妈妈生气了，硬是闯进来把我从鲁滨逊的小岛上拉了出来，狠狠批了一顿。但即使在吃着饭，我还是恋恋不舍地想着鲁滨逊，胡乱吃几口后我又开始去"啃"书了。

因为喜欢书，我最常去的地方便是书店了，这应该是爱书人最好的去处了。记得台湾作家林海音也爱书，她小时候常常冒充是书店里买书的大人的小孩儿在那里看书、选书。如果没有大人，下雨了，她更高兴，她会时不时望着天空，假装说一句"唉，下雨了，回不去了"，而心里却想雨再下大点儿，这样就可以看书看久点儿了。现在想来，孩子那种聪明、细腻的心思实在让人疼惜、怜悯。我也是这样，尤其是在假期，在书店里一待就是一天，不渴也不饿。

高尔基说过："书是人类进步的阶梯。"我喜欢这样的阶梯，并且不拘一格，只要让我增长知识，我都照单全收。读那些厚重的史书我也不枯燥，因为它们让我纵观古今，以史为鉴；那些饱含心血的文学著作更是我的所爱，它们让我和书中的人物一起哭一起笑；读那些充满科学发现的书，我也觉得有趣，它们让我得以"站在巨人的肩膀上，看得更远"。书是世界上最好的营养品，它能滋润我们的大脑，并且可以治愈一些思想顽疾。

时光飞快流逝，而那个爱书的我却没有改变。在我的世界里，我和书有着深深的缘分，每个夜晚和清晨，我都和书有一个美丽的约定。它陪伴着我，提醒着我，丰富着我，和我一起迎接一个又一个美好的明天！

亲爱的书，谢谢你！

乡村风景画

陈秀熙

　　乡村，虽然没有城市的繁华，但它独特迷人的风景足以令人神往，毕生难忘。

　　站在乡村的梯田里，放眼望去，满目皆绿，仿佛置身于一片辽阔的绿色海洋里。田里那一棵棵嫩绿的禾苗挺立着腰杆，犹如一位位光荣的士兵在站岗放哨。微风不时拂过，禾苗随风舞动，化身为一位位婀娜多姿的舞蹈家，时而轻摆纤秀的腰肢，时而高仰优雅的颈项，时而回眸嫣然一笑，那优美的舞姿让人如痴如醉。

　　沿田埂而行，总能看到清澈见底的溪水中有群可爱的小鸭。它们有的在专心致志地觅食，有的三五成群玩着捉迷藏，还有的"嘎嘎嘎"地欢叫着在溪中畅泳，掀起阵阵浪花。小溪旁的牛群却丝毫没被淘气的小鸭打扰，它们有的在津津有味地品尝着鲜嫩的小草，有的在静静地凝视远方，似乎在思考着什么，还有的在漫不经心地甩着尾巴驱赶苍蝇，悠哉悠哉地享受着属于它们的宁静。

　　从乡村人家的房前屋后走过，时常会瞧见一只毛色鲜亮的母鸡坐在草垛上，心无旁骛地孵着几只圆圆的、光滑的鸡蛋。母鸡身旁总会有一只头戴红冠的雄鸡，高昂着头颅，围在母鸡身旁神气十足地踏着大步，忠诚地守卫着它的妻儿，那威武的模样真令人敬佩。

　　每当晚饭时分，一家人就会围坐在一起，一边畅饮，一边谈天说地，不时开怀大笑，欢愉的笑声久久地回荡在空中，就连空气也有了甜甜的味道。夜幕降临后，一轮明月高高地挂在天空，照亮每一片欢乐的土地。青蛙"呱呱呱"地唱着动听的催眠曲，伴着幸福的人们进入甜蜜的梦乡。

　　迷人的田野、可爱的动物、悠闲的乡村生活，构成了一幅多姿多彩的乡村风景画。

我那多变的爷爷

陈静娴

　　我的爷爷是一个多变的人，一会儿是一个爱笑的老顽童，一会儿变成一个严肃的长辈。

镜头一：老顽童

　　"点点，这饭好吃吗？""嗯，厨艺大有长进啊！"我张着嘴巴说。

　　"你是馋嘴吧！贪吃鬼遇上好吃的饭菜当然会变得很馋啊！"爷爷大笑道。

　　我无语地看着爷爷，心里却很佩服他，真是童心未泯啊！不仅说我馋嘴，还顺便夸了他自己的厨艺，真是一个名副其实的老顽童啊！

镜头二：很严肃

　　我的爷爷突然"多云转阴"，一下子变得严肃起来。"哎，吃饭时要捧着碗！""不要把米粒掉在桌子上！""你不可以吃别人面前的菜！""吃饭要细嚼慢咽！"

好好的一顿饭，感觉像是监狱里的牢饭似的，枯燥乏味。明明应当不拘小节，大口吃肉，大碗喝"酒"，不当淑女是我的本色。

我经受不住"文雅""莲步"这些词。既然是个人，吃饭说话就不要扭捏，要大方。

但我爷爷的命令如天命，不得反抗，否则他怒目圆睁，我便"呜呼哀哉"。

镜头三：很爱笑

爷爷每次去赴宴席时，都会和别人说说笑笑，能笑一个晚上。

爷爷也经常逗妹妹笑，经常开一些小玩笑，妹妹很容易当真。

我的爷爷很是多变，但不变的是他的善良、纯朴、宽厚、仁慈、无私、大方……

漫长的等待

陈瑞怡

睡在空调房里真舒服啊！天已经大亮了，我还赖在床上不肯起来。咦，外面怎么静悄悄的？妈妈呢？我使劲儿回想了一下，哎呀，昨晚妈妈出了个小事故，和医生预约了今天早上七点十分去医院。她不会现在就去医院了吧？

正在这时，爸爸的声音响起来了："小润，起床啦！我陪妈妈去医院，你在家等我们哦！"什么？叫我一个人待在家里？我可不干！"我要陪妈妈一起去！"我不情愿地嚷嚷着。

"你去了不仅帮不上忙，反而给我们添乱！"

随着"砰"的一声，门关紧了，就留我一个胆小鬼孤零零地待在家里。我再也睡不着了，只好起床刷牙。我小心翼翼地走进卫生间，放了一杯水，刷牙时，我用背紧紧地靠着门，生怕后面有什么怪物突然靠近我。

该吃早饭了，我每吃一口都警惕地四下张望，会不会有幽灵飘过来呢？现在是白天，他们肯定不敢来……要是我是刺猬就好了，遇到危险就缩成一个刺球，看你们还敢来攻击我！还好，外面的知了在不停地安慰我，"吱吱吱——没有鬼——吱吱吱——

快快吃——吱吱吱——吃完就去看电视……"

我三下两下就扒完了碗里的白粥，将碗筷收拾好送进厨房，就跑到客厅里看电视了。少儿频道正在放广告，再看看科教频道，正在放野生动物故事呢。妈妈规定我只能看半小时电视，我放下遥控器，以百米冲刺的速度跑去房间里拿了个闹钟，好像后面有小妖怪在追我似的。"嘀嗒，嘀嗒……"时间一分一秒地过去了，我一看闹钟，不知不觉已经半小时了，我还没看够呢！也只有看电视，才能让我忘记恐惧。但是，半个小时已经到了……我犹豫了几秒钟，一狠心，按下了关闭按钮。

我坐在沙发上不知所措，傻傻地想，妈妈这时已经看完病了吧？都这么长时间了，她怎么还没回来？要是她真的骨折，那就要住院了，万一要动手术的话可就惨了……

我摇了摇脑袋，想把脑子里这些乱七八糟的想法都赶跑，可是它们就像胶皮糖一样，死死地黏着我不放。怎么办？对了，弹古筝！我从沙发上一跃而起，快步走到琴凳前，戴好指甲套，轻轻拨动琴弦，一连串美妙的音符从琴弦上流泻下来……

不知不觉，又一个小时过去了，我完全沉浸在优美的音乐中，忘记了周围的一切。当《茉莉芬芳》的最后一个音符飘出来时，我听到门口传来"吧嗒——吧嗒——"的声音，是爸爸妈妈回来了！我一阵惊喜，兴奋地跳到门口。啊？怎么只有爸爸一个人？"妈妈呢？"我的心提了起来，一把抓住爸爸，"妈妈没有骨折吧？"爸爸笑了："没事，你妈妈在楼下，我先把东西送上来，马上下去背她上来。"

经过漫长的等待，终于等来了妈妈平安回家的喜讯！真好！

我生活在幸福之中

魏高敏

生活，像一首歌，时而高亢激越，时而低沉平缓。生活，像一个五味瓶，装满了酸、甜、苦、辣、咸。

幸福生活之爸爸妈妈的爱

家，是温馨的港湾，即使有些话语被我们重复了数次——来赞美这个美丽又可爱的家，但似乎远远不够。父爱如山，母爱似海。父母之爱，山高水深。朴实的语言，细微的动作，无一不凝聚着父母对我深深的爱。

成长的路上，有了父母无须言表的爱，偶尔心酸，偶尔难过，但最后收获的仍旧是快乐和幸福！

幸福生活之老师的爱

毫不夸张地说，老师是我们的第二任父母。老师的爱，如绵绵春雨，润物无声，滋润着我们的心田。即使有时我们内心抗拒老师的种种唠叨，但也明白那是为我们好。因为老师总是默默地爱着我们。老师，成长路上，感谢有你，因为有你，生活很幸福！

幸福生活之朋友的爱

朋友，对我来说是最亲近的人，自己所受的委屈，自己的苦恼，无一不像苦水一样倒进了朋友的脑子里，而朋友们默默倾听着，将"苦水"变为"甜水"后，再倒回我的脑子里。因为有了朋友，我不惧怕困难，勇往直前；因为有了朋友，我不再骄傲自满，变得脚踏实地；因为有了朋友，我觉得学习不再那么无趣，生活不再那么无味；也正是因为有了朋友，我生活得很幸福！

幸福生活之和谐社会

生活给予我们生存的阳光，和谐的社会给予我们一个幸福安宁的家，让我们过上了安逸舒适的生活，让我们能够无忧无虑地安心学习，快乐成长。因为有了和谐的社会，才有了我们能够幸福的基础，才有了我的幸福生活！

我，是一个生活在幸福之中的人，因为拥有幸福而想要创造幸福。幸福，只有自己创造，才是可持续资源，因此，生在幸福中的我，应该去努力学习，继续创造属于自己的幸福！

面条的"火气"

毛嘉伟

早上，太阳笑眯眯的，但我的家里却阴沉沉的，因为我得自己做早餐——面条。

"唉，平时我都吃粗面，今天爸妈怎么留给我一袋细面？"我自言自语道。大概是因为面条变了，下面的时候，我掌握不好火候，那火气真是"噌噌"地往上涨。

初怒——下面火气指数：2星

虽然是细面，但做法应该还是和粗面一样的。水开了之后，我把面往锅里一丢，从锅里传出了一阵"吱——吱——"的刺耳声响，似乎锅在排斥这个初来乍到的异类。面条也怒了，它们一边翻滚一边大叫："我们要回冰箱！我们不要在这个烫人的地方玩儿！"水滴被面条的怒气给蒸发了，纷纷冲出来攻打我。"唔，好烫！"我的脸被迫做了个"蒸汽面膜"，我只得急匆匆地把锅盖盖上。

大怒——捞面火气指数：5 星

水在锅中沸腾着，跳跃着，该掀锅盖了。我早已在碗里放好了调料，只等用竹漏勺捞面了。掀开锅盖后，一阵雾气袭来，我的眼前一片朦胧。在雾气的掩护下，面条顽皮地和我捉起了迷藏。漏勺伸向东，它们就向西跑；漏勺追向西，它们又拐向南……简直比泥鳅还灵活，这可苦坏了勺子大哥，也累坏了我。我一次又一次地努力着，面条在锅里待的时间一长，更加放肆起来——它们拼命地扩充体积，瘦面条变成了胖面条。眼看面条就要变面糊了，我赶紧用筷子在锅里搅拌起来。大概是用力过猛，锅身猛地一歪，一大筷子面条和着面汤成功"越狱"，"自由落体"到了地上。

暴走——糊面火气指数：满天星

锅里剩下的面条虽然没几根了，但它们也不是省油的灯。它们把大量的水分都"吞"进了肚子，变得黏糊糊的，最后，干脆集体"瘫痪"在了锅里，变成了一锅面不像面、糊不像糊的怪物。

望着自己的"杰作"，我真是哭笑不得。最终，我只得对面条投降，咽下几片干面包就匆匆上学去了……

我心中的高地

王跃东

　　每个人的心中都有一片沃土，在这里播种希望，体验成长，在这里放飞梦想，感受快乐。在我的心里也有自己的一亩田。

　　小的时候，我就很向往高处，我经常爬上窗台、凹凸的土墙，踮起脚尖，伸长脖子向远处张望……不知何时，竟发现我家那倚在土房上的楼梯最高，所以，大约六岁的我，就时不时地爬上那楼梯顶部，坐在布满灰尘的木板上，双脚轻放在楼梯最上一阶，双眼呆呆地望着深邃的天空，偶尔有小鸟翩然飞过，真想扑上去，随着它飞向远方。杂乱的电线上，蜘蛛布了网，静静地等待猎物的光临。不知不觉夜幕悄然降临，星星稀稀疏疏地散落在天幕上。闷热的夏天，楼梯上格外凉爽，我还想享受一会儿，母亲却叫我吃饭了，我只好依依不舍地离开。

　　楼梯的顶部，是我心中的高地，是为我播下了梦想的种子的一片沃土。

　　上了学，不能常常爬上那高高的楼梯了，我却又发现一个更高的地方——我们学校的二楼，但低年级的学生是不能上去的，只有六年级的学生可以来去自如，因此，我企盼可以快快长大。

有时仰望二楼的学生——他们高高在上，天地万物尽收眼底，每每这时我心中别有一番滋味——眼馋！嫉妒！

　　时光匆匆，快乐的小学生活将要结束了，我想进入我心中期待的沁源二中，那高大气派的教学楼令我痴迷，驻足四楼，"会当凌绝顶，一览众山小"的感慨油然而生，那是更高的地方。我不由得遐想：每当课下或闲暇之余，我都可以倚窗远眺——车水马龙的街道，繁华热闹的集市。生活如此精彩，心却还不满足，还想飞向更高更远的地方。

　　这就是我心中的高地，不在最高的地方，只在更高的地方。

课堂变身记

花　树

李雪静

　　那是一个和往常没有任何区别的毫无生气的周六下午，我从笨重而又沉闷的公车上下来，背着卡其色的背包步行回家。阳光好像比以往任何时刻都刺眼，金黄色的阳光触手把白色的云一朵朵都抓走，于是天空只剩下没有城府的浅蓝。

　　我刚刚结束一天的补习，疲惫不堪，大脑迟钝得只记得回家的路。小区门口的黄猫慵懒地冲我扬了扬爪子以示欢迎，我却没礼貌地只瞟了它一眼。

　　小小的便利店、警卫室、花花绿绿的宣传橱窗，还有落花的小径。所有的一切都太熟悉了，熟悉得不需要感知便已了解它们的存在。

　　我继续前行。

　　等等！落花的小径？

　　我猛地抬头。真的是花！小区里的花树仿佛商量过一般，花朵在一夜之间全部绽放。少女般纤细的枝条上，全是嫩绿，娇羞又妩媚。小小的白色花朵，互相拥抱成紧密的球团，像天使的眼睛。

我目瞪口呆地久久伫立在树下。

原来已经是春天了啊！可在我的潜意识里，现在依然是苍白的寒冬，没有新绿，没有生机，只有光秃秃的兀立的树，还有臃肿的风。

可现在是春天了。春天是万物萌生的季节，严肃了一冬的花树终于肯展露笑颜，忙碌得忘却时间的我也终于对着满枝的白色绽开了发自内心的微笑。

有什么比这更美好呢？这来自春天的最温柔的触动。

那一瞬间，我忽然很想把所有的课本一把火烧掉，知识学了那么多，却没有一位科学家能教我们证明春天微笑的弧度。看看那些枝条，那才是最温暖的生活的抛物线啊。

不过，一瞬间后我又重新恢复了理智。我依然要前行，只是希望每当我困倦之时，能眺望到几棵绽放的花树。圣洁的花朵是最温柔的双手，它们抚摸着我，在我心灵的深处挥笔写下——春天都来了，幸福还会远吗？

我的私人订制营养师

李佳熹

　　看到这个标题，可不要以为我在炫富哦，其实我只是一个普普通通的小学生。我的私人订制营养师是我最亲爱的外婆。

　　爸爸妈妈由于工作忙，所以从我上小学起，外公和外婆就从老家过来帮忙照顾我。老两口的分工很明确，外公负责接送我上学、放学，外婆负责我的饮食。

　　外婆今年六十一岁了，她以前并不精通厨艺，不过为了让我吃得好，吃得营养，她戴着老花眼镜，抽空看了很多烹饪方面的书籍和电视节目，还做了好几本厚厚的笔记呢。别看外婆年纪大了，她可不是只会依葫芦画瓢的书呆子。在火候掌握、佐料搭配等细节问题上，她总是反复推敲、虚心请教，一点儿也不马虎。每当研究出一道新菜品，她都会召集家人一边品尝一边给她提建议，不断提升她的厨艺。

　　外婆说，要想身体健康，一定要从小养成良好的饮食习惯，做到饮食中荤素搭配、酸碱平衡、咸淡适宜。于是，她每天都变着花样给我做好吃的，并且乐此不疲。

　　先从早餐说起吧。俗话说，一日之计在于晨。因此，外婆特别注重我的早餐。每天除了必备的煮鸡蛋外，她还会变着花样搭配其他食物给我吃，如燕麦牛奶粥、西红柿拌面、烧麦，等等。临出门上学，她还会塞给我一小包坚果，让我在饿的时候补充能量。

午餐很丰盛。小米蒸排骨、梅菜扣肉、青椒焖肚条等都会不时地出现在餐桌上，而且总是色香味俱全。当然，时令小菜也是必不可少的，尤其是外婆做的白灼青菜，看起来新鲜透亮，青翠欲滴，让人食欲大开。餐前，外婆总是先让我喝一小碗她精心烹制的汤，说这样能减少饥饿感，防止暴饮暴食。

晚餐虽然清淡，但却不单调。除了美味的水果，外婆会下面条或者摊饼子，然后再配个凉拌黄瓜、莴笋丝什么的，吃起来既爽口又开胃。要是我学习得晚了，外婆会叮嘱我喝一杯热乎乎的牛奶来缓解疲劳。

这些普通的菜肴里包含着外婆对我浓浓的爱，每次我大口大口地把外婆的"作品"一扫而光时，她就会快乐得像个小孩子。我要为我的私人订制营养师点一百个赞，愿她永远健康长寿，永远陪伴着我！

盛开的菊花

翟亚心

有一颗菊花的种子被人丢弃在森林里。它小小的心灵里萌发了一个梦想：我要开花。下定决心的它，努力朝着梦想出发了。

有了雨水的滋润和太阳的照耀，菊花种子发芽了。周围的大树看见了这棵怪模怪样的小苗儿，齐声问道："小东西，你是谁呀？"菊花谦虚地说："我是菊花，在深秋开放的菊花！"

"哈哈哈！"大树们都笑了。傲慢的槐树说："不可能！所有的花都在春天开放。凭你单薄的样子，怎会不畏风霜，在深秋开放呢？"

菊花很伤心，它想放弃自己的梦想。突然，它听到一个低沉有力的声音传来："我相信你能行！"

菊花仰起了头，定睛一看，原来是刚才唯一没有嘲笑它的老松树。老松树朝它微笑着，接着说："你也要相信自己，人生有很多挫折和困难，你只要克服它，坚持自己的梦想，一直努力下去，就一定会成功的！"

听了这意味深长的话，菊花感动得哭了。任凭大树嘲笑，它依然坚强地成长着。

在它努力生长的过程中，却遇到了毁灭性灾难：一只小动物从它身边跑过时，踩断了它娇嫩的花枝。小菊花疼得想挣脱自己的根——也就是自我毁灭，但它想起了老松树的话，便更加坚定地生成着。

旺盛的精力和温暖的阳光使它的身体很快恢复了。过了一个星期，菊花结出了一个小小的青绿色的花苞。花苞虽然小，却包着一个大大的梦想。

秋天到了，所有的花都枯死了。而菊花却悄然开放了，那金灿灿的花瓣，点亮了森林的风景……

"哇，那菊花开得多美呀！"路过的人都不由自主地发出赞叹。菊花开心地笑了，大树再也不敢嘲笑菊花了，因为菊花用行动证明了一切！

从天而降的礼物

刘一帆

我不知道它为什么会出现在那个地方，我也不知道它原来的主人是谁。也许在别人眼里，它只是一个应该被扔掉的垃圾，但在我眼里，它却是一个从天而降的礼物。

它是一个蓝白相间的球，一看到它，我就想到了海王星。发现它的时候，我正小跑着去上厕所。刚看到它的时候，我并没有在意，但跑出几米之后，我又回过头去看它。是捡还是不捡呢？捡了拿回家，妈妈又该说我乱捡垃圾了。但它是那么好看，还是捡吧！

走近一看，它挺漂亮的。捡起来一掂，很轻，只是一个塑料球。也许是别人扔下的吧？

回到教室后，我和同学们玩起来，忘了球的事。直到我把手伸进口袋，才想起自己捡到了一个小球。晚上，我和妈妈去散步。我把手放在口袋里，又摸到了它。我把它拿出来看，在夜幕下，它显得那么暗淡。我看看它，又仰头看看天空。它会不会是天上某颗星星的模型呢？到路灯下仔细看看，其实，它就是一个普通的塑料球，中间那条凸出来的接缝清晰可见。但我也不知道为什么，就是舍不得扔掉它。

　　说它像海王星，其实，它更像地球，因为它们都是蓝色的。可是，老师告诉我们，地球被污染了，很多森林、河流都没了，白色污染也很多。地球的温度还在上升，如果南极和北极的冰融化了，海水就会入侵城市，那时候，整个地球都会变成蓝色了吧？只不过，那样的蓝色，是没有生命的……从进入学校开始，我们学了一篇又一篇呼吁保护环境的课文，可教室里的垃圾却随处可见。环保是每个人的事，这个道理，我们真的懂吗？

　　这件从天而降的礼物，竟然让我想了好多……

携诚信一路前行

牛 钦

风飕飕地吹过，我缩着身子，不由自主地打了个冷战。

"烤红薯！热乎乎的烤红薯！"前方传来一阵吆喝声。我加快了脚步。"阿姨，给我拿两个烤红薯吧！"我边跺着脚边从腰包里掏出一张皱巴巴的十元钱递给了她。

阿姨熟练地包好了两个红薯，连同几张一元钱交到了我的手上。我迅速查看找零，眼角的余光却不经意间扫到了那多出来的一元——她多给我找了一元。

我有些慌张，哆哆嗦嗦地将钱一把塞进腰包，毫不犹豫地向前走去。我的头却不自觉地转了回去，阴暗的灯光下，我看见了阿姨那疲惫的面容，黝黑的皮肤，粗糙的手和那拉长的身影……

我别过头，继续向前走着。风越来越猛，我的步伐越来越急促，心越跳越快，额上也沁出了汗珠。蓦然间，我顿住了，双脚再也迈不出去。

"真是见鬼！"我嘟囔着，拿出揣着的两个烤红薯，却无论如何也无法咬下去。我的思绪倏然飘向远方——

宽敞的竹屋中，一位和蔼的老人手捧一卷书，郑重其事地对他的弟子说道："人而无信,不知其可也。"字字铿锵,敲在他弟子心上,亦敲在我的心中。是啊,早在千年以前,孔老夫子就把诚信作为做人的准则,而我……

脑海中的镜头忽然转变,这是一个集市,街区上立着一根木桩,木桩前熙熙攘攘。百姓们议论纷纷:"听新县令说,谁扛动这个木柱就赏金五十两!"半晌过后,仍没有人去扛。忽然,一个沉重的声音响起:"我来扛!"一名大汉拨开众人,将木头扛起,轻轻松松地走到北门。新县令竟在北门等候,他亲自赏给这个大汉五十金。周围响起了一片赞誉声,这些声音飘进我的耳朵,引起我的深思:战国时期,古人都能重诚信,而我身为21世纪的少年,为什么不这样做呢?

眼前又浮现了一幅画面:破朽的房屋中,关汉卿提笔写下:"去食去兵,不可去信。"刚劲有力。我觉内猛然一震——对啊,诚信是中华传统美德,我又怎能摒弃?

心情忽而放松了许多,我转过身,向红薯摊走去。我在心中默念道:一定要把这一元钱交给阿姨。瞬间,心中淌过一股暖流,我感到自己仿佛沐浴着阳光,奔向诚信。

春天,万紫千红,我要撷取最素净的花朵;夏天,大雨倾盆,我要拥抱最纯净的雨滴;秋天,遍山枫叶,我要撷取最火红的叶片;冬天,白雪皑皑,我要亲吻最无瑕的雪花。而漫漫人生路上,我要携最珍贵的诚信前行!

换来的健康

咸尤文

有一种情叫亲情，有一种爱叫母爱。

——题记

母爱就像那广阔宁静的草原，让人感到心旷神怡；母爱就像那波澜壮阔的大海，让人感到心潮澎湃。母爱就像一口永不停息的清泉，让人感到内心明净。

我从小体弱多病，真是让母亲操碎了心。为了我的健康，母亲今年早早地让我穿上了厚厚的棉袄，希望可以躲过今年的流感。可还是不如愿。那天，有一个知心朋友来找我玩，我脱下了沉重的棉袄，像一匹脱缰的野马，和朋友玩了一整天，回来的时候，丝毫不觉背后已经出汗了。胡乱吃了几口，我便睡进了温暖的被窝里。

第二天早上醒的时候，我便感觉到有些不适。母亲看出了我的不适，惊慌地拉着我起来，把温度计轻轻地放到我的腋下。一分钟过去了，母亲着急地看着表。终于量出来了，三十九摄氏度，算得上是高烧了。母亲小心地把我放进被窝中，找父亲商量对策去了。

在那一整天中，我从未离开过那个被窝，连饭都是母亲用小勺来喂我的。为了让我尽快恢复，母亲请来了医生给我打点滴。冰凉的药液冷得我手发麻，母亲拿来了暖水瓶，经过热水的温暖，我的手暖了许多。到了晚上，母亲又把她的被子盖在我的身上。希望我出一身汗，按照母亲的说法，这样病就会好许多。整整一个晚上，母亲几乎彻夜未眠。她一面观察我的脸色，一面又用温度计测量我的体温。后来听母亲说，我的体温极不稳定，一会儿三十七摄氏度，一会儿三十九摄氏度，到清晨五点的时候我才恢复正常的体温。当第二天早上我起来的时候，身体真的轻了许多，高烧完全消退了。母亲还在睡，我没有打扰她。我悄悄收拾好书包，准备上校车。校车上真挤，校车正准备出发，我突然看见母亲来了，她把药从窗口递给我，并叮咛我"小心"，我在校车上久久凝望着这包药……

当我回家的时候，母亲因过度劳累生病了。我的健康原来是用母亲的健康换来的。

背　影

李帅棋

静谧的夜晚，美丽、圣洁的栀子花散发着淡淡清香，萦绕在阳台。我的脑海中闪现母亲一个又一个背影，那一个个背影陪伴着我走在成长的道路上。

一

"啊！烦死了。"我大叫道，面对着繁杂的作业，我的脑子就像要爆炸一样。我干脆躺下，一下子就睡着了。不知过了多久，我醒来了，只看见客厅的那盏金色的灯亮了起来，隐隐约约一个不算高大的身影走过，我知道那是妈妈。但我也没多想，就又睡着了。后来，有许多个夜晚，我半夜醒来都会看见妈妈的背影。我问爸爸，爸爸回答说："你每晚都踢被子，妈妈一晚要起来好几次帮你盖好被子。"我听了爸爸的话后很是感动。随着年龄的增长，我长大了，很少蹬掉被子了，妈妈也放心了。

二

"丁零零。"放学了，我来到楼下等妈妈来接我，妈妈是学校的老师，每天我都和妈妈一起回家。过了很久，妈妈还没来，我就跑去妈妈的办公室。来到办公室，我看见办公室里妈妈的背影，她正拿着一支红笔，在细心地批改作业。我知道了：不只学生累，其实老师比学生更累。我慢慢地走到妈妈的身旁，倒了一杯水给她。妈妈说："孩子，等一下，我改完了就带你回家。"

三

"下课。"老师一声令下，同学们整理好书包跑了出去。不知不觉中只剩下我一个人了，我刚下楼就听见"轰隆隆"一声，不久就下起了倾盆大雨。我心想：完了，今天无法回家了。因为妈妈这几天身体不适，请假在家休息。我蹲在教学楼下黯然神伤起来。雨中，我看见一辆电动车在雨中转悠着，是一个瘦小的背影，好像是妈妈，但又不确定。过了一会儿，电动车到了我的面前，正是妈妈。妈妈缓缓说道："原来你在这儿，快坐上来。"我问道："妈妈，你不是生病在家卧床休息吗？""傻孩子，生病也要接你回家啊！"坐在车后，望着妈妈瘦弱的背影，我的泪流出来了。

母爱，是天上的云，总让烈日先从她的身躯穿过，给大地呼风唤雨降祥和；母爱，是雨后的霞，总让清洗过的大地重新焕发温暖的光，把七彩人生梦谱写在高高的天际；母爱是醉人的春风，是润物的细雨，是相伴你一生的盈盈笑声。

一件幸福的事

李志强

　　幸福在生活中处处可寻，而我心目中的幸福就是做自己喜欢做的事。譬如第一次投稿，虽然辛苦点儿，但我却感到很幸福。

　　记得六年级下学期时，我看到班上不少同学给报社投稿，好胜的我这时也不禁"蠢蠢欲动"了。"初生牛犊不怕虎"，我也决定给心爱的刊物写稿、投稿。

　　白天功课忙，只好等晚上动笔了。万籁俱寂的夜里，小屋里只有沙沙的写字声。困了，就喝一口浓茶，淋一把冷水。最让人难忍的是那些可恶的蚊子，那"嗡嗡"的声音总搅得我心烦意乱，有时点蚊香也无济于事。但为了我心中的梦，我默默地忍受着这一切。经过几天的努力，一篇凝结着我心血的文章终于大功告成了。为了不至于被退稿，我就用最漂亮的字把它抄好。

　　怀着一颗忐忑不安的心，我来到邮局，反复地询问寄信的方法，生怕一个不小心就会造成"千古恨"。工工整整地写下地址，贴好邮票，我又翻来覆去地检查是否有遗漏之处，直到确认无误了，才小心翼翼地将信塞进邮筒。在信被塞进邮筒的一刹那，我那颗怦怦跳的心似乎也被塞了进去。

等待的日子是难熬的。我几乎天天去传达室看信，以至传达室的叔叔都熟识我了。一个月，两个月……几个月过去了，昔日踌躇满志的脸已被乌云所笼罩，最不愿意看到的事情成了现实——我失败了。尽管我不断安慰自己："别哭，失败不算什么，下一次，还有下一次啊！"但泪水还是无声地滑进嘴里，苦苦的，涩涩的……

今年的整个暑假，我一边勤奋写作，一边投稿等待。终于我的努力没有白费，新学期刚开始，我惊喜地发现自己的《藏在心底的秘密》刊登在《颍州晚报》上啦。当时别提多激动了，我也感到特别幸福，简直是无以言表。这大大增加了我的信心，于是我更加勤奋了……

其实，幸福很简单，只要用心体验，它就在我们身边。

帮爸爸戒烟

韩 硕

爸爸的烟瘾很大，他每天至少要吸两包。如果遇到烦心事，他会一支接着一支不停地吸，即便吸得直咳，也不会放下手里的烟。看到日渐消瘦的爸爸和为他满面愁容妈妈，我很痛心，决定帮爸爸戒烟。

一天，我买了一些上等的瓜子笑着对爸爸说："爸爸，我知道戒烟很难，听同学的爸爸说嗑瓜子代替抽烟是戒烟的好办法，你不妨试试看。"爸爸点点头说："好孩子，这个办法不错，你知道我多想戒烟吗，可就是戒不掉。我一定下决心把烟戒了！"听爸爸这样说，我很高兴。

几个星期过去了，爸爸是瓜子没少吃，烟也没少吸，看来我的第一步计划泡汤了。一天，爸爸在客厅抽烟，把客厅搞得乌烟瘴气，呛得妈妈直咳，我板起脸，严肃地对爸爸说："爸爸，你不注意自己的健康也就罢了，可你也得考虑考虑我和妈妈的身体吧！如果你不把烟戒了，我就跟着妈妈去姥姥家住！"说完，我装作生气的样子，"砰"地把门关上，来到书房。甭说，这招还有点儿用，爸爸的烟吸得少了，可是没过多久，他的烟瘾又来了。无奈，我开始了第三步。

一天晚饭后，我在书房里写作业，爸妈在客厅里看电视。我点着一支烟，假装直咳嗽，爸爸听见了赶忙进来，看到我手里的烟，他先是一惊，然后关切地说："孩子，你怎么吸烟啦？吸烟有害健康呀！"这时，我又故意嘬了一口，这下咳得更厉害了。爸爸赶紧夺过烟，找地方把烟扔掉。他忽然看见书桌一角的铅笔盒里满是烟头，这下急坏了："你吸几天了？怎么这么多烟头？这可不行，身体要紧，千万不能再吸啦！"爸爸额头上急出了汗水。我看时机到了，便噘着嘴说："为什么只许爸爸你吸，不许我吸呢？老师说父母是孩子的第一任老师，我不该向你学习吗？"爸爸听后，抱着我的头难过地说："好孩子，别这样，我知道你关心爸爸的身体，可也不能糟蹋自己呀！从今天起，爸爸绝对不吸了。"说着他把口袋里的烟掏出来扔进了垃圾桶。看到爸爸极度悔恨的模样，我"扑哧"笑了："铅笔盒里那些烟头都是你吸的，我没有吸烟！"爸爸如释重负地松了一口气，又向我表示了戒烟的决心。

经过一段时间的努力，爸爸成功戒了烟。从此，家里不再乌烟瘴气，没有了咳嗽声，没有了吵闹声，而是充满了温馨的欢笑声。

课堂变身记

何微烨

　　一周长假结束之后，一进教室，我就有一种焕然一新的感觉。环视四周，原来，我们教室里多了套白板。

　　听老师说，这叫交互式电子白板，一套要上万块钱呢——听到这个数目，白板在我们眼中的形象立刻"高大上"起来。下课后，我们都围在它面前，好奇不已。

　　因为老师们也在学习白板的用法，所以白板一直搁在那里派不上用场。我们都激动万分地期待着，期待着……

　　终于！秦老师准备好操练白板了。他用潇洒的手势掀开了白板神秘的面纱，向我们展示了它神奇的一面。

　　秦老师先试着点了个"音乐课程"，立马就有许多乐器显示出来：架子鼓出现了，钢琴出现了，二胡出现了……秦老师拨弄着乐器，架子鼓的声音雄浑大气，钢琴的声音清脆悦耳，二胡的声音悠扬婉转……各种虚拟乐器大显神通，那教学效果，真是妙不可言。秦老师还用白板改起了作业。只见他熟练地点开红笔，在一份作业上指指点点。我们看得十分轻松，校对起自己的作业来也格外认真。下课后，我们纷纷大呼"神奇"。

白板好是好，但因为它的高科技，也闹了不少笑话。

一节语文课上，老师正兴致勃勃地讲着课，我们也专心致志地听着。这时，不知谁大喊了一声："看，苍蝇！"区区一只苍蝇，有什么好在意的？可接下来发生的事让我们目瞪口呆：只听"哗哗哗"几声，一连几张幻灯片都一闪而过，连问题的答案也被"昭告天下"了。原来，电子白板是光控的，它将苍蝇的停留当作老师的点击了。老师连忙将幻灯片回放到之前的那张，再问问题时，班里所有人都齐刷刷地举起了手。答案已经公布了，不举手才怪呢！

因为白板的存在，我们的学习和生活变得更加方便、有趣。

班队活动课是我们最喜爱的课程之一，有了白板以后，我们看了许多有教育意义的视频，比如垃圾处理纪录片、节约用水纪录片、南京大屠杀公祭日仪式……有一次，老师给我们看了关于孝亲敬老的演讲实录。看完后，大家都沉默了，有的同学还流下了眼泪。我至今都清晰地记得其中一个故事：奶奶不肯和孙子一家去旅游，嫌行李太多，旅程太累，媳妇也顺势叫她不要去了，在家里待着。奶奶目送着宝马车离开，叹了口气，拄着拐杖回家去了。那位白发苍苍的老人真的是不想去旅游吗？我看不尽然。我想到了我的奶奶：当我们大口吃肉、大碗吃饭时，我们从没有想到奶奶为此忙了一天；当我们在外面疯玩了一天时，我们也没有想到家里还有个孤零零的奶奶……

有了白板，课堂变了，我们的收获也变了。愿课堂越变越精彩！

大雨围城记

李　萌

　　怎么也没有想到，一觉醒来，我们的城市，成了一片汪洋泽国。大街小巷，到处可见滚滚洪流。

　　我是在睡意蒙眬中被妈妈叫醒的，妈妈说："今天也许会有意想不到的大事情。"我一骨碌爬起来，问有什么大事情。妈妈让我看她手机中的微信朋友圈，朋友圈已经被大水淹没街面、汽车泡在水里的图片给刷屏了：我们昔日熟悉的广场、亲爱的校园都"泡"在了浑浊的水中；路上不见人影，只有打着转的漩涡随着流水往下冲；雨点砸在水面上，水面如同开锅的粥在沸腾……这可都是我熟悉的场景啊！怎么就这样被水无情地淹没了？

　　我和妈妈打着伞蹚着水走上街。很多门店紧闭，偶尔有小汽车缓慢驶过，将公路上的水浪推向路的两边。这让我感觉一座城市也可以这样孤单，这样无助。这时，我看到一位打着伞穿着雨衣的大叔守在路边的一个漩涡旁。"妈妈，他不危险吗？他怎么一直站在那儿？"我问妈妈。妈妈说："他站的就是下水道入口处，哪有不危险的？他站在那里保护过路人的安全，可以说是我们城市的英雄了。"

噢，原来是这样。那位打伞守护着行人安全的大叔在我心中的形象瞬间高大起来。有这样无私无畏的人，我们才能在天灾面前临危不乱，勇敢面对。

相信暴雨很快会过去，相信苦难很快会过去。加油，赤壁！加油，赤壁人！我们的明天会更好。

爱你的方式

陶　伟

良药苦口利于病，忠言逆耳利于行。

——题记

每个父母，都希望我们有一个好的未来，都是望子成龙、望女成凤，但每个父母的教育方式方法却有所不同。因为不同的教育方式，造就了我们不同的人生。

有的父母脾气火爆、易怒，因为我们有时不听话，惹父母生了气，也许会打我们两下。但我们并没有想过他们打我们的出发点是什么，或许就因为打了我们这两下，在我们心底的最深处埋下了怨恨的种子，让它在你的内心一点点发芽、成长，最后开花结果。所谓的"开花"就是你一次次地不顾父母的感受顶撞他们。"结果"就是你走上了叛逆的道路，不顾父母的阻挠、老师的劝导，与校外的不良少年勾结，最终可能走上违法犯罪的道路，毁了自己的一生。

有的父母脾气比较温和、柔顺，当我们犯错的时候，他们会指出这种言行是错误的，说出它的坏处是什么，并告诉我们接下来应该怎么改正。温柔父母的教导对于一些人来说是很管用的，但对于另一些人来说就是纵容他们犯错。因为他们从小就养成了不良习惯，当面是一副乖孩子的样子，背后就是不良少年的模样。这类父母的教导会使一部分人成为社会人才，也会使一部分人成为社会败类。

"良药苦口利于病，忠言逆耳利于行"，这句话出自《史记》，它的意思是良药多数是带苦味的，但却有利于治病；而教人从善的语言多数是不太动听的，但有利于人们改正缺点。无论是哪一种类型的父母，都应该用正确的方式来教育我们，该温柔就温柔，该刚硬就刚硬。当父母生气并批评我们的时候，他们的出发点不都是爱我们吗？他们不都是想让我们有一个美好的未来吗？

父母都是为了我们好，只不过爱我们的方式不同罢了……

有趣的实验

高佳淼

今天科学课结束时，张老师布置了一项家庭实验作业：把一枚鸡蛋包裹在棉花里，放置在盒子中，从高处扔下，鸡蛋会破吗？顿时，教室里炸开了锅，形成"破"与"不破"两派。

放学一进家门，我就迫不及待地从冰箱里取出一枚鸡蛋，给它穿上厚厚的棉衣。用什么盒子好呢？有了，那个精美的装茶叶的铁盒子正合适。我把茶叶倒出来，将裹了棉花的鸡蛋小心翼翼地放进盒子里，又塞了好多棉花，盖好盖子，又用绳子将盒子结结实实捆了好几道，以免它落下去会崩开。捧着盒子，我默默祈祷，鸡蛋呀，你莫怪我心狠，你一定要平安无事呀！打开窗户，哇，这么高！我们住的可是六楼啊！鸡蛋扔下去不破才怪呢！我让爸爸帮忙在楼下看着，一闭眼就松开手。怀着紧张而又期待的心情，我急奔楼下，打开盒子，掏出棉花。呀，鸡蛋宝宝安然无恙！

高兴之余，我陷入思考。关于鸡蛋摔不破的实验还有哪些呢？上网找我的良师益友吧，可网上说得更玄乎，我怎么也不相信。

实践出真知，赶紧做实验，用事实说话吧！我在茶叶盒里注入水，把鸡蛋放入水中，鸡蛋慢慢沉入水底。我往水里放入一些盐，鸡蛋纹丝不动；不断往水里撒盐，奇迹出现了，鸡蛋慢慢升起，悬浮在水中。我盖上盖子，依然缠了好多道绳子，等爸爸就位了，才忐忑不安地把盒子扔下楼。我迫不及待地奔跑着下了楼，把盒子扶正，打开盖子，哈哈，鸡蛋完好无损。试验成功了！

　　晚饭时，爸爸解答了这个实验的原理。原来，盐溶解在水中时，水的浓度加大，当水的浮力等于鸡蛋的重力时，鸡蛋就会悬在盐水中。从楼上落下时，因为鸡蛋悬在盐水中，盐水起到缓冲作用，鸡蛋不会因为震动而破碎。

　　这个实验与棉花裹鸡蛋的实验有异曲同工之处，让我明白了一个道理：只要认真观察身边的事物，便会发现其中的奥妙。"纸上得来终觉浅，绝知此事要躬行。"不论遇到什么问题，多动动手，就会有更多、更好的发现。

美 景 如 画

陈 超

我拿着鱼竿，提着桶，走向那小河上的桥。

远远望去，小河的戒备十分"森严"：桥的两边，一棵棵枝繁叶茂的大树如军人般伫立，树与树间隔很近，整体似一道坚不可摧的围墙。

桥上，一个个风雨留下的坑洼，冰雪刺下的裂缝，被震动而脱落的石板，无不诉说着桥的苍老。

桥下，却如此生机勃勃。河的两岸，绿如玉的小草自然、美丽地排列着，让人感叹不已。岸边那些奇形怪状的植物令人眼花缭乱。瞧！那棵植物上面好像串了个香肠。那群能吹出响声的植物妖娆地摆着各种姿态：有的高傲地抬头仰望，甘愿接受火辣阳光的洗礼；有的累得弯下了腰，如同佝偻老人；还有的直接弯腰插进了水里，尽情地吮吸清凉。

站在桥上，河简直就是一幅完美的画。蓝色的天掉进水里，而抬起头，那天更如水，河水里恰似有一个新的天地。整个河面，翠绿的浮萍一片一片，一块一块地覆盖着，夏姑娘又为河添上了几笔，深绿的荷叶包围着粉红如火的荷花姑娘。一阵风吹过，一切热闹起来，蝉儿和青蛙唱起交响曲，荷叶和荷花姑娘双双在歌声中抖动婀娜的身姿，跳起优美的舞蹈。鱼儿躲在荷叶走廊里，游来游去，和钓钩玩着捉迷藏，一只只"蜻蜓飞机"停到荷叶站"加油"——休息。仔细才能发现的逗号——蝌蚪也悠闲地出来了，它们围着荷花玩起丢手绢。不知从哪儿冒出愚笨的鸭子，"扑通，扑通"地扇着翅膀，"嘎嘎"地叫个不停。小动物全被庞然大物吓得躲了起来。我忽然发现了水中莲叶间有些清晰的莲蓬，它们真的很可爱。

　　鱼浮子动了一下，我连忙把鱼竿一提，一看，却只是被缠上的水草。

　　天渐渐黑了，桶里空空的，一条鱼也没有，但我的心里满满的。

记忆里，那一份温暖

陈　萍

　　书桌上的那盆吊兰开花了，没有茉莉清幽怡人，没有牡丹雍容华贵，没有槐花香飘十里。我甚至闻不到它的任何味道，只有那一朵柔白的花雕刻在我心头，感觉特别温暖。

　　父亲推开门，缓缓走进来，将一碗诱人的、水灵灵的、切得精细的水果轻轻放在我旁边。我一边奋笔疾书，一边用牙签将切好的水果送进嘴巴里。父亲早已退了出去，再进来时，手里拿着一把小巧的水壶。

　　父亲走向那盆吊兰，柔白而又纤弱的花在微风中轻轻摇曳，似在向远方的亲人招手。父亲将水均匀地洒在它的四周，再细心地整理好它的茎叶。

　　我突然放下手中的笔，疑惑地问："爸爸，为什么要在我的房间里放一盆吊兰？我更喜欢茉莉花，为什么不放茉莉呢？"

　　父亲微微一笑，说道："吊兰虽然平凡，但是它可以吸收空气中的甲醛，保护你的健康。"

　　我没有立即拿起放下的笔，而是久久凝视着那盆吊兰：细细的茎叶长长地垂了下来，一点点白在这片绿中显得很渺小，微风啄了啄它的身体，它仿佛咯咯大笑似的摆了摆身体。阳光透过细缝，调皮地钻了进来，轻轻地洒在那抹柔白上。在这庄严肃穆的气氛中，我想起了父亲的温暖。

　　我想起父亲做的许多事，例如每天坚持削一碗诱人的、水灵灵的、切得精细的水果送到我的房间。

　　或许，父亲的爱早已化作那一抹纯白，在无声无息中将我包围，紧紧地，一层层地，毫无缝隙地将我紧紧裹在他的爱中。

　　这些年来，父爱虽然没有母爱那般香甜四溢，没有老师的爱那般春风化雨，没有朋友之间那般甜到发腻，但是它无声无息，紧紧化作一张透明的网笼罩着你，让你感到特别温暖。

小 乌 龟

尤勇皓

说起乌龟，大家都很熟悉吧，你有没有养过呢？我家里就有一只特别可爱的巴西龟。它的头尖尖的，像动车的"子弹头"，眼睛小得像两颗黑芝麻，背部那坚硬的壳，像个盾牌，尾巴短短的，腹部下面四只短而粗的脚，像四个将军耙。听大人说，乌龟的寿命很长，我有时候想：这只乌龟，会不会是唐僧乘坐过的那只神龟呢？

一次，我趴在龟缸前玩，小乌龟见了，立即迎上来，瞪着它的两个芝麻眼看着我，仿佛在说："小主人，我快饿死了，你快点儿给我点儿吃的吧！"我拿来龟粮，扔了进去，它用四个"将军耙"一撑，"埋头苦干"起来。吃完后，我以为它会休息会儿。哪知，它竟又用贪婪的目光看着我，仿佛在乞求："小主人，能不能再给点儿？我还饿。"于是，我又给了它一点儿龟粮。这次它没有立即吃，而是眨了下眼睛像是回应我："小主人，谢谢你！"哈哈，服了服了，我彻底地被这个"贪婪"爱吃的家伙打败了。

不过，小乌龟虽然贪吃，但也有让人佩服的一面。有一次，我在书房里写数学作业。突然，客厅传来"啪"的声音。谁在干什么呢？好奇心驱使我看个究竟，我跑到客厅里，只见小乌龟正用它那"将军耙"沿着龟缸向上爬。哇，这小家伙想"越狱"啊！刚刚是不是它的"将军耙"没抓牢，掉下去的声音啊。只见它一步一步慢慢向上爬，小心翼翼的。我怕它真"越狱"成功了，连忙用手指轻轻一推，"啪"的一声，它猛地摔到缸底。我有些心疼，不知道它摔得疼不疼。可它还没灰心，又挥动它的"将军耙"向上爬，不急不缓，一直往上爬。快到缸顶了，我将它轻轻放回缸中，可它还是往上爬，如此反复。我被它的执着彻底征服，我不禁纳闷：难道它是《龟兔赛跑》中那只坚持不懈的小乌龟？

这就是我家的小乌龟——虽然贪吃，但我喜欢它的"贪婪"相，不过，更喜欢它那股坚持不懈的可爱劲儿。

把爱带给他人

方晓辉

自从前两天观看了大型音乐儿童剧《田梦儿》，我一直心潮澎湃，感慨颇多。

对于这部音乐剧，我难忘于排座风波中，唯有田梦儿未找到心仪的同桌；难忘于田梦儿捐出了自己的午饭钱；难忘于田梦儿在网吧捡空塑料瓶来减轻爷爷的负担；更难忘于同学们把田梦儿的爷爷当作自己的爷爷的那种爱。是啊，把别人的爷爷当作自己的爷爷，把爱带给他人，这不正是《田梦儿》最想告诉我们的吗？

当同学们在田梦儿的爷爷"失踪"时，都把他们对爷爷的爱表现到寻找爷爷和帮助爷爷恢复记忆上来。看看田梦儿以及她的同学们，再回过头来看看我们：我们现在处于六年级，功课比较多，学习任务比较重，学习压力大，所以我们往往忽视了爱心，见到老人跌倒了、盲人过马路等，可能都会熟视无睹，抱一种"事不关己，高高挂起"的态度。

正因为如此，我们需要好好向《田梦儿》中的同学们学习，学习他们把自己的爱给予那些需要的人。或许在你看来，这一点点爱可能微不足道，但对于那些需要的人来说，那就是冬日里的一缕阳光，使贫病交加的人感到世间的温暖；那就是出现在沙漠中的一泓泉水，使濒临绝境的人看到生存的希望；那就是飘荡在夜空中的一首歌谣，使孤苦无依的人获得心灵的慰藉。爱无论大小，只要你去奉献了，我想，你定会为你的做法而感到自豪的。

法国著名作家维克多·雨果曾经说过："人间如果没有爱，太阳也会灭。"爱是一个民族最可贵的灵魂，是一个国家最为坚实的堡垒。只要有爱在，无论遭遇多大的困难，都能挽狂澜于既倒，扶大厦于将倾。所以，让我们行动起来，把爱送给留守失学儿童，送给那些孤寡老人……送给身边的每一个人。"赠人玫瑰，手有余香。"当你把爱献给他人时，你也获得了莫大的幸福。要相信，只要人人都献出一份爱，世界将变成美好的人间！

马尔代夫之旅

张郁文

假期，爸妈带我游览了人间天堂——马尔代夫。

清晨，我们坐船出海，和煦的阳光照射在茫茫的大海上，海面闪动着粼粼波光。微风吹起，平静的海面泛起了一朵朵银色的浪花。

我们要到深海浮潜，我既紧张又兴奋。在向导的引领下，我看到了大海深处：绚丽的珊瑚丛，它们伸着柔软的触须向我们招手；一群银色的小鱼像流星一样在我们身旁游过，我还来不及看清，它们就已消失在海洋的深处；拖着尖尖尾巴的魔鬼鱼，它们伸着巨大的鳍，就像在天空中飞翔的鹰；一只一米多长的大海龟在海底散步，步履优美轻盈，丝毫没有在陆地上行走时的笨拙模样……置身于海洋世界的我，突然感觉自己好像变成了《海底总动员》中的那只小丑鱼，仿佛海洋就是我的家。

第二天浮潜时，我发现，大海里的海胆长得非常美丽，一点儿不像海鲜市场上看到的那样。轻轻搬开一块岩石，就可以看到海胆的真颜。它看上去就像一只紫蓝色的星星，柔软的触角轻轻划动着，体态优雅，就像一位身着紫缎的贵妇在闲庭信步。当我忍不住去摸它时，它吓了一跳，立刻收拢身体，张开尖锐的刺，变成一个黑刺球。原来，只有在遇到危险的时候，海胆才会披上坚硬的铠甲，变成一个武士。好可惜，餐桌上的人们永远也看不到它的美丽。

每天去浮潜都有意想不到的惊喜。很快我们就要告别这人间天堂回家了，回想起这几天的经历，竟如梦如幻。

张爷爷与树的情缘

陈戈杰

　　我的家乡是一个水乡小村，如果你到我们这儿来，就会见到小桥流水、绿树成荫的美景。可是如果我告诉你，我们这里的好多树都是热心的张爷爷个人出钱出力种的，你大概不会相信吧！

　　张爷爷是我家邻居，他六十岁出头，老伴和儿子儿媳都住在城里，他不愿跟着去，而是一直守在村里。他每天的工作就是种树、护树。

　　听爸爸说，张爷爷曾在花木公司工作过，业务和人脉都熟络。几年前他退休那会儿，就花钱从花木公司买来一批树苗，一株株地栽在村边大路上。后来，他每年开春时就会先选好栽种的区域，然后买树种树。

　　每天，张爷爷总是很早就出去，很晚才回来。短短几年间，他把树种遍了全村，定期去浇水、养护，就像爱护自己的子女一样爱护着树木。只要有一棵树死了，他就会很伤心。村里人有的素质不高，爱在树上晾衣服什么的，张爷爷见了，也总要耐心规劝人家，后来，这种情况也就没有了。

　　张爷爷虽然不愁吃穿，却也算不上富有，身上经常是当年在花木公司上班时穿的工作服，吃得也不讲究。他儿子多次来接他，想让他去城里居住，但他总是说他愿意待在这里。好几年过去了，小树苗都长成了大树。听说，村里补贴张爷爷一些钱，但他拒绝了。

　　现在，我们村子里到处是树，环境好了，空气也新鲜多了。这里面，张爷爷的功劳是最大的。我长大了，也要像张爷爷一样为改善环境尽一份力。

一路陪伴，一路香

一 路 有 你

周　潇

因为一路有你，才会有现在的我。

——题记

从我呱呱落地时起，就有一个人一直在我身边陪伴我；从我懂事时起，那人就在我身边教导我；从我上学时起，那人就在我身边默默关心我……那人便是我的母亲。

幼稚岁月中

经常听爷爷奶奶提起我小时候的糗事，每每说起，他们都会忍不住笑起来。唯独有一件事，每当他们谈起时，都会心疼不已。

小时候的我很调皮，经常跟在表哥后面"疯"，也为此受了不少罪。有一次春节，家家放起了炮仗，我为了凑热闹，就去表哥家了。表哥想捉弄我，便把一个小鞭炮放到我手里，让我捏紧，他点火。年幼无知的我还觉得很好玩。刚巧妈妈来叫我回家，看见我手上的东西，吓了一跳，赶紧抢了去。可就在这个时候，我听见了"砰"的一声，爆炸了，我愣住了。看着妈妈的手，我傻了，"哇"的一声大哭起来，惊动了在房里看电视的大伯，大伯看见后到我家叫来了爸爸，爸爸将妈妈送到了医院。而我却留在家中哭了很久。

忐忑考试时

"妈妈，明天就要期末考试了，我好紧张。要是考砸了，怎么办啊？"

"傻丫头，担心什么啊，要有平常心，考砸了也没关系，只要尽力就好。"妈妈在一旁安慰我说。

"可是爸爸会说我'学习不用功，就知道玩'。"我学着爸爸的口气，把在一旁的妈妈逗笑了，她说："别担心，他要是敢说你，我帮着你。"我高兴地点了点头。

五天后，成绩出来了，我没让妈妈失望，考得还不错，也免了爸爸的一顿骂。妈妈看到我的样子，也高兴起来了。但是她又提醒了一句："谦虚使人进步，骄傲使人落后。你要懂这个道理。"

"嗯，我知道的。"

伤心离别后

"呜呜……我舍不得你们……"小学毕业典礼上，我们一帮"死党"哭得稀里哗啦的，连在一旁的老师和妈妈也流出了泪。

没有多久，老师拍了拍手，说道："大家收拾好心情，该去拍毕业照了，将自己最好的一面留给大家吧。"

"咔！"结束了，六年的小学时光结束了。回到家中，我就坐在床边，看着照片，那一张张熟悉的脸，可能以后再也见不到了。这时妈妈走了进来，望着我说："宝贝，别难过了，天下无不散之筵席。相处久了，自然会分开，可是不代表就没有再相见的时候。"

对啊，王勃曾说过："海内存知己，天涯若比邻。"只要我们之间的友谊深厚，天涯海角也不能将我们分开。

妈妈，是你，用你那颗宽容的心包容了我；是你，用那看似平淡无奇的话语鼓励了我；是你，在我伤心之时，给了我前进的动力。你，用你那特殊的爱——母爱，包容我，鼓励我，给我动力。我想对你说："没有你，就不会有现在的我，因为你，塑造了现在的我。谢谢你。"

家乡的端午节

谢 园

我的家乡在江苏省兴化市的一个村子里，这里水多、田多，素有"鱼米之乡"的美誉。

每逢端午节来临，宁静的芦苇塘就会变得热闹起来。人们三三两两地到芦苇塘附近摘粽叶、拔菖蒲、割艾草，歌声、笑声响成一片。我的奶奶自然也在摘粽叶的队伍中。粽叶摘好后，人们都会回家把粽叶用开水焯一下，然后晾在绳子上，为包粽子做好准备。

你知道端午节吃粽子这一习俗的由来吗？据说端午节吃粽子是为了纪念伟大的爱国诗人屈原。楚国才子屈原受到权贵的排挤，觉得报国无门，于是就投入汨罗江自尽。人们怕鱼儿吃掉他的尸体，就把粽子投入江中，以果鱼腹。为了纪念爱国诗人屈原，吃粽子的习俗就流传开了。

端午节这一天，最快乐的就是我们这些小孩子了。我会早早起来，吃粽子，蘸白糖，鸡蛋两口吃光光，然后再拿两个鸡蛋放在妈妈用彩线给我编的"蛋兜"里，一路上哼着儿歌"五月五，是端阳。插艾叶，戴香囊。吃粽子，撒白糖。龙舟下水喜洋洋……"往学校奔去。咦，带鸡蛋去学校干什么呀？原来，在我们这儿，小孩子们有一个"斗蛋"的习俗呢。将鸡蛋两两相撞，看谁的蛋厉害，能把对方的蛋撞破。败的人就把鸡蛋吃掉，赢的人继续找人斗。整个课间，学校里到处是孩子们斗蛋的场面，其乐无穷呀！

中午的美味就不必介绍了，家家户户的桌上都摆上了"五红"，真是大饱口福！

盼着今年的端午节快点儿到来！

学 会 感 恩

陈安之

从我们出生的那一刻起，我们就被爱包围着——父母的疼爱，老师的关爱，同学的友爱……他们为我们营造了一个充满阳光与温暖的世界。我们要学会感恩，学会回报和给予爱。

学会感恩，我们要感恩父母。自从我们呱呱坠地，父母就为我们操劳。小时候，年轻的父母为了养育我们而失去了青春；上了小学后，勤劳的父母为了教育我们耗尽了精力。父母为了我们牺牲了太多太多，当我们过着高枕无忧的生活时，千万不要忘了感恩父母。

学会感恩，我们要感恩老师。老师像辛勤的园丁苦心培育树苗一样培育我们。他们用满怀的热情栽下一片绿荫，直到桃李满园才露出欣慰的笑容。老师用真诚的劝勉、和蔼的批评让我们学会了如何面对困难，如何感受生活，如何珍惜幸福。这其中的点点滴滴把我们的生活点缀得精彩而美丽。老师用真心培育灿烂的花朵，我们只有在心底表达对老师的深深感激！

学会感恩，感恩关心、支持我们的朋友们。在我们生活的点点滴滴中有他们纯真的足迹。他们在我们遇到困难时，伸出援助之手；在我们获得成功时，为我们欢呼；在我们考试失利时，为我们打气……每一声问候，每一个眼神，无不流淌出真情，流淌在彼此心间，涓细而流长。

学会感恩，常怀一颗感恩的心，感谢我们身边的每一个人，你会懂得许多。如果每人都会感恩，这个世界将会变得非常美好，成为一个充满爱的世界。

田 园 之 趣

王子园

  周末，我回了趟老家。早晨，天刚蒙蒙亮，我隐隐约约听到几声鸡鸣，蒙眬中，一缕清风拂来，我不禁打了个哆嗦，猛地坐了起来。"哎呀，差点儿忘了，今天答应奶奶去地里挖花生、摘豇豆的呀！"可谁知我起来时，少眠的奶奶已经出去散步了。等奶奶散步回来，我便迫不及待地拉着她出发了。

  我跟在奶奶身后，走在松软的乡间田埂上，手里拿着奶奶给的糖果，喜滋滋地哼着小调儿，别提多开心了！走了不多久，我们就到了菜地。只见豇豆的藤蔓攀爬在用竹竿搭起的架子上，像一道道绿色的屏障，高高的藤蔓上挂满了淡绿色的豇豆。旁边的一块地里长着绿色的植物，我不知道是什么，正要问奶奶，奶奶对我说："这儿种了不少花生呢！"什么？我有些不相信自己的耳朵，我一直以为花生是长在树上的呢。要不是亲眼所见，谁会相信原来那些可爱的小精灵是藏在地下的呢？

  我挎着篮子，小心翼翼地走进菜地，瞅准一条豇豆，使劲儿一拉，豇豆被我拽了下来，不过，架子也差点儿被我拉倒。奶奶看见了，连忙说："慢些，慢些，架子要被拉倒喽！要这样

一路陪伴，一路香

摘……"奶奶边说边示范。学会后,我来劲儿了,一会儿就摘了一大篮豇豆。

摘完豇豆,我转悠到花生地。这挖花生的活儿我还真干不了,只得看着奶奶挖。只见奶奶拿起钉耙对准花生秧使劲儿锄了两下,土就松了,她扯住花生秧一拔,哟,竟然拔出了一大串花生。"花生宝宝,花生宝宝出来喽!"我惊叫道。

不知不觉到了中午,奶奶要回家做饭,我蹦蹦跳跳地跟着奶奶往家走。奶奶手里拎着沉甸甸的战利品,我嘴里含着糖果,边走边踢路上的小石子,路上飘荡着我们的笑声。

我和慢性子老妈

陆静怡

"呀，要迟到了。快点儿，快点儿，老妈你怎么总是这么慢吞吞的！""哪里要迟到了？还有五分钟呢！你的性子怎么这么急？一个劲儿地催。"星期天一大早，急性子的我与慢性子的老妈又上演了一番"唇枪舌剑"。

我嘟着嘴，眼巴巴地站在门口看着老妈在那里磨蹭，急得直跺脚。这周末，我们和姨妈、表姐商量好要去游乐场。明明定好准时出发，可现在距约定时间已经过去十分钟了，老妈依旧慢条斯理地对着镜子仔细打量着自己身上的衣服。"老妈，大姨、表姐早就在小区门口等我们了，刚才还特意打来电话催促，你倒是快点儿呀！""急什么？出去玩又不是做什么要紧的事。我觉得我穿这件衣服有点儿显胖，稍等，我换一件。"妈妈一边慢条斯理地打开衣柜，一边满不在乎地回答。

面对这么个完全没有时间观念的老妈，我敢怒不敢言，只好无奈地走回客厅，继续转悠着。

咦，妈妈的房间怎么这么安静，难道她已经准备好了，可以走了？

　　我的内心一阵狂喜，连忙探头进去，嘴里说着："可以了吧，快点儿走吧，她们肯定急死了……"天哪！老妈居然在慢悠悠地对着镜子"精描细画"！慑于老妈的威严，心急如焚的我除了等待，还能干什么？

　　终于，老妈的妆化好了，我长出了一口气，急切地说："可以走了吧。"说完便大步流星地往门外走去。"慢着，我再换双鞋子。"我知道，我又要空欢喜一场了，因为老妈绝对不会随便拿双鞋子套在脚上，她一定会反复挑选、比较——鞋子要和衣服、皮包相配……

　　果然，分针不疾不徐地又走了半圈，慢性子的老妈依然没有换上鞋子。反而又在床上堆满了衣服、皮包，慢腾腾地挑来选去。我急得一个劲儿地唉声叹气，可是，急有什么用？墙上的钟表指针依旧一下、两下、三下……不紧不慢地跳动着，我真恨不得钻进去把指针拨回去，把那些被老妈浪费掉的宝贵时光追回来。

　　"好了，走吧。"仿佛过了半个世纪，妈妈总算收拾好了。看着我急得冒火的样子，她居然安慰我说："你急什么，时间还早呢。你得多学学你老妈，遇事要像我一样从容、淡定。"

　　看着老妈一副"语重心长"的样子，我真的无语了。一向"争分夺秒"的我居然有这样一位慢性子的老妈，真是急死我啦！

秋天的画卷

路静肖

美术课上，老师让我们自由作画。我正在思考画什么好呢，这时，窗外蝴蝶般翩翩起舞的落叶映入我的眼帘。我灵机一动：秋日朗朗，何不把眼前美丽的秋天画入画里呢？对，我就画秋天吧！

说到秋天，我脑子里立刻浮现出乡下爷爷家院子里的那些柿子树。如今，那些柿子也该成熟了吧？我想起去年秋天去爷爷家看到的情景：满园的柿子又大又红，它们一个个有序地挂在枝头上，像一盏盏小灯笼。一阵微风吹来，枝头上的柿子轻轻地摇摆，好像在和你打招呼呢。还有些柿子熟透了，吸引了许多不知名的鸟儿。它们叽喳叽喳地在树上开着会，仿佛在讨论该如何分配这满树的柿子。想到这里，我立刻拿起棕色的画笔在洁白的纸上画了一片柿子林，接着用红色的画笔在树梢上画出许许多多的柿子，就像在树梢上燃烧的火焰。我还在树枝上画出了觅食的鸟儿，它们一只只活蹦乱跳的，像是在庆祝这个丰收的季节。

画完了果园，接下来画点儿什么呢？有了，画桂花树吧。爷爷屋前的桂花树也该开花了。害羞的桂花零零星星地藏在密密麻麻的叶子间。我凑近一闻，一股沁人心脾的清香令人神清气爽。想到这儿，我拿起笔在纸上画了几棵茂密的桂花树，叶子间隐藏着星星点点的桂花，它们正在默默地吐着芳香呢。

还有那稻田！金黄的稻田像铺在田野上的金块。稻田里，许多农民正在辛勤地收割，他们要赶在秋雨来临前把"金块"搬回家。想到这里，我用黄色的画笔画上一片金黄的稻田，再用细细的笔勾勒出辛勤的农民。

"路静肖的画为我们呈现出一个忙碌的丰收季节，火红的柿子、清幽的桂花、金黄的稻田，还有辛勤劳作的农民，这是一个多么动人的季节啊！"听着美术老师的点评，我开心地笑了。我仿佛进入画中，奔跑在金色的田野上……

爱要大声说出来

梁馨月

我曾经固执地以为，爱根本无须表达，但自从我看到许多因为不表达而错失了诸多机会后，我认为爱就要大声说出来，不然，有些机会错过就不再有。

很多年以前，我的太爷爷弥留之际，亲戚都痛哭失声。太爷爷生前不知为何，对爷爷特别"不满"，虽然很富有，但每次太爷爷给爷爷的钱，总是比给爷爷其他兄弟的钱少得多，总是爱哪个给哪个多，"一碗水端不平"。爷爷却从无怨言，勤勤恳恳，用最少的钱干出了家族中最大的事业。爷爷因为太忙，虽然总是尽量抽出时间去看望太爷爷，但次数仍然很少，太爷爷以为爷爷因为分钱问题而怨恨，所以关系有些僵。其实，太爷爷不偏心，金钱都是按孩子们所需财产分的，爷爷会打理，所以分得少，爷爷能明白太爷爷的用心良苦。

那天，爷爷正在做事，听到这个消息，他立刻放下一切，连车子也没骑，一路狂奔。他知道，太爷爷这次真的要离开了，他要将爱父之情不留余地地全部说出来，他感受得到太爷爷的爱子之情，就像他爱孩子一样，根本没有什么偏差，只是根据实际用合适的方法表达感情。那路啊，为什么那么长，你可不知道，那么长的距离是父与子的距离，如果不及时靠近，将会成为两代人心中永远无法割舍的，永远深感遗憾的伤情。那么长的距离是生与死的距离，如果不及时赶到、言表，将会成为爷爷心中永远抹不平的伤情。距离，总是留下一些令人惋惜、催人泪下的遗憾，爷爷还是没能赶到，他永远失去了父亲，永远失去了和父亲在一起的时间，永远失去了向父亲说一声爱的机会。每当他提及太爷爷和自己在一起的快乐往事，爷爷总是抿一口茶，眼圈红红的，太爷爷是爷爷心中永远的伤，这个伤永远不会结痂，总是伤着爷爷这个花甲老人……

花儿飘落了，永远不会再像原来那么美。有时不及时说"爱"，等到失去了，又来不及挽留。

世事，没有人能料到下一秒会发生什么，下一秒也许相爱的人将会生死离别。珍惜能够相处的每分每秒，爱，就要大声说出来啊！不要让距离成为交流的隔阂，不要让害羞成为表白的障碍。

爱是人类永恒的话题，一句"我爱你"足以成亘古不变的爱的宣言。因此，我要大声宣告：亲人们，你们是我一生最爱的人，永远无人能及。

吃货来袭

代小龙

"嘿！大小吃货们、馋猫们！看过来！看过来！"

看，今天是星期天，我又当了一回"海豚族"，从家里扫荡来了一大堆的零食到学校。看，啧啧，真是美味啊！我坐在座位上，右手一包麻辣鱼，左手一瓶炭烧奶茶，桌上饼干堆积如山，桌下也是鼓鼓的一包，再看看书包，让我们为它祈祷吧——无限接近于崩溃了，连拉链都有想裂开的冲动。可我在这儿，它怎敢有一丝松懈呢？喂，说你呢！闭上你那塞得下一个鸡蛋的大嘴，我这算什么？看看吃货排行榜你就懂了，我才只是老五而已！"而已"，懂不懂？

NO.1 宁家伟

说起他，他就是大名鼎鼎的吃货，也就是老大，是所有吃货的偶像，是老师盯得最紧的人。看，他又在"作案"了！只见他鬼鬼祟祟，右手开始向两桌之间的空隙探着，不一会儿到达了桌膛中，摸索出一块饼干，等候时机，好！就是现在！只见老师拿起粉笔，看书，写字，再看一下书，转过身来，与此同时，他拿起饼干，入嘴，咀嚼，吞咽，清理口中残渣，喝水。总之，他在这几秒钟内完成的"事业"是每一个吃货的"梦想"——做梦都不敢想。可马有失蹄，人有失策，他也有失算的时候。有一次，一位老师写着写着粉笔突然没了，转身取粉笔时眼皮一抬，他这一壮举便被定格了，那后果便可想而知了。

NO.2 胡学宇

他为什么排第二呢？这是许多人心中共同的疑问。或许大家会说，不会吧！他是吃货？让我来告诉你吧！别看他长得十分文静秀气，戴了一副小眼镜，像极了一个喝了一肚子墨水的文艺青年，可你们不要被事物的表面现象所迷惑。让我来揭穿他的真实面目吧！他可是一个鲜为人知的吃货，极会伪装，上课吃东西从没有被老师逮到过，连他的同桌都不知道。这是我们心目中偷吃东西的最高境界！可他的胃口似乎不大，很容易满足，只吃一点儿就不吃了。这大概也就是他只排第二的原因吧！

NO.3 毛启琛

"啊！阿门，救救我——手中的饼干吧！再拿就没有了！"我苦苦哀求道。可他那好似吸尘器的手似乎永远吸不满，最后，他满脸笑容，双手捧着一大堆饼干走了。看着手中渐渐瘪下去的塑料袋，我万般无奈，只愿世上有条遗忘河，我要让他忘了他的"吸饼干大法"，到那时，我就可以完完整整吞下一包饼干了！

那对我来说可就是快乐似神仙了!

NO.4 王章睿

他嘛,从来不吃学校饭的菜,一心只考虑如何为"商店的发展做贡献",我看好他,他有当领导的潜质。不骗你,他可是班长大人哪!有一次,我又看见他去商店买东西吃,竟傻傻地问了一句:"嘿!你为什么天天买东西吃啊?"他扬着眉头不屑地说:"哥碗都没有,拿什么吃?用手抓吗?台湾的手抓饭可比这好吃多了!"说完,就旁若无人地吃开了,呛得我半天没回过神。真后悔问他这个问题,简直就是在给自己挖坑嘛!

再看看眼前,喊完后因查看了一下这个排行榜,片刻工夫,我的那些冤家们早以风卷残云之势掳走了我所带食物的90%。真是悲哀啊!算了,大人不计小人过,再告诉你们我为什么排老五吧!其实,我没别的,就一张能吃穷一个国家的大嘴,人送外号"深渊巨口"。

说罢,还是让我好好当一名吃货吧!嘿,宁家伟、胡学宇,别吃了!毛启琛,这包给你,你快走!班长大人——王章睿,别吃了!你们这群冤家还有完没完?还有我,赶快收拾好桌上的零食,"老班"来了!

猫咪的背影

赵瑞虎

一个父亲的背影，让朱自清的眼泪潸然落下；一个猫咪的背影，让我自己的心轰然坠下。

在我家楼下，不知何时出现了一只流浪猫。院子里车的底部就是它的"移动住所"：夏天，它在下面的阴凉处打盹；冬天，它在下面蜷缩着取暖。我也忘却了，它是在什么时候进入了我的视线，但它的确是我的一个玩伴，只要我一回到家打开库房的门放自行车，它就来了，要不就是在脚蹬底下蹭蹭被虱子咬的包，要不就是在自行车的轮子之间穿梭嬉戏。它那黑白相间的毛总是顽皮地掺杂在一起，然后它再迷惑地叫几声。它臃肿的身体却十分灵活，每次我总是和它嬉闹一番，然后和它说再见，最后看着它拖着身子蹒跚地离开，留下一个小小而可怜的背影。

不知何时，它有了个小伙伴。那个小伙伴的声音沙哑，让人听了总觉得不舒服，眼睛是那种狡猾的绿，毛色也是不黄不黑、搭配不匀的那种颜色。总之一句话：那个小伙伴可是比它差多了。它像是想要把小伙伴和我拉在一起当个朋友，可是似乎办不到。它的那个小伙伴很害羞似的，一见我就仓皇地逃到车底，好像我是猫咪杀手之类的人。那只胖猫咪的声音更加纯净，似乎有一种信赖包含在里面。它是相信人类的。它的背影给人一种从容不迫的感觉，让我对它有了好感。胖猫咪不只是一只猫，它是一只拥有信赖和情感的动物。

一次，班上有人带来了鸡翅，由于一时疏忽掉到了地上。我叫起一筹莫展的同学："那只鸡翅我来处理吧。"何乐而不为呢？于是她就把那个鸡翅用卫生纸包好，"送"给了我。猫咪平常都是吃别人的剩饭剩菜，我就让它"开开荤"吧。

在街口就看到它那臃肿的背影了，它正在那儿"踱步"。我把那层卫生纸撕开，把鸡翅小心翼翼地递给了它。那时我马上就有了一种施舍后的快乐与满足。它先是没有表情地一愣，然后用前爪试探了一下，确定没有危险之后，才用前爪把鸡翅抓起。

"哧！"

随着一声短促而急躁的刹车，一辆自行车突然停顿在我们俩的面前，那辆自行车的前轮好像还撞到了猫咪。"喵呜！"它惨叫了一声——这个罪恶的轮子撞到了猫咪。然后，它惊恐地、连滚带爬地叼着这可能是一生中唯一吃到的一次大餐，走了。它只是留给我一个惊恐的背影……

它走得很迅速。

它走得很坚定。

它走得很悲凉。

然后，我再也没有见过它。

我时时刻刻都在想：它现在在哪儿呢？

赵家美食大比拼

赵 岭

"你还是投降吧，跟我比，真是不自量力！"老妈向老爸翻了个白眼。

"这次我肯定能赢，'逆袭'必须成功！"老爸胸有成竹地还击。老爸老妈在争什么？且听我慢慢道来。

原来，我们家每月一次的美食大赛又开始了。参赛选手是老爸和老妈，裁判自然就是我了。"各就各位，第三届'赵家美食大赛'正式开始，有请两位选手闪亮登场！"

首先登场的是摘得两届桂冠的1号选手——老妈！她的口号是："厨房，厨房，女人的天堂！"她的目标很明确，争取上演"帽子戏法"，让老爸心服口服。

2号选手——老爸，此番登场就是想证明自己的厨艺高超，争取成功"逆袭"，扳回一局，为自己的"老脸"争光。但他打出的是柔情牌，口号是："老婆辛苦了，可以远离厨房，好好歇歇了！"

"今天比赛的主要食材是米饭和玫瑰，比赛现在开始！"我大声宣布。

老爸眼珠子转了转，似乎脑袋中有一个小灯泡亮了起来。他跑进厨房，拿出火腿肠、黄瓜和胡萝卜。我不禁为他担心："2号选手，不会又要做招牌炒饭吧？我这个裁判可是吃腻了！""嘿，你就等着瞧吧！"老爸冲我神秘一笑，卖起了关子。

　　老爸把米饭松散地铺在一张紫菜上，摆上切成细条的黄瓜、胡萝卜和火腿肠，还淋上了西红柿汁……一看这架势，我就明白他是在做寿司呢！嘿，原来老爸知道我喜欢吃西红柿味的寿司，想投我所好。我可是公正的"包青天"，味道好才能给高分。

　　"呀——"老爸的惊呼声打断了我的思绪，原来他在卷寿司时用力过猛，饭粒从寿司两头溢了出来。唉，手忙脚乱的老爸是要一着不慎满盘皆输了吗？经过一番补救，老爸终于成功地把寿司卷好、切好，摆了满满一碟。一块块寿司胖嘟嘟的，红白相间，一看就很诱人。我拿起一块尝了尝，软糯的米饭、脆脆的黄瓜和胡萝卜，再加上西红柿的香味……嗯，还不错。

　　那玫瑰要怎么用呢？哦，原来寿司旁边还放着一杯热气腾腾的玫瑰花茶。一杯热水加几瓣玫瑰，就把食材都用上了，真是一个会偷懒的老爸。

　　老妈呢？她早在厨房忙开了，锅里的米饭、肉粒、黄瓜丁等食材在锅铲的舞动下旋转、翻滚、跳跃，像正在跳优美的芭蕾舞，加上老妈有节奏的歌声，锅里飘出的香味儿——这才是真正的"厨房大舞曲"呀！老妈把炒好的饭盛在一个扇形的碟子里，摆上一颗又红又大的枣子。一阵阵香气扑鼻而来，金黄的米饭透着热气，我忍不住尝了一大口。哇，香、甜、有嚼头。

　　紧接着，老妈又得意扬扬地端上另一道创新菜——香酥玫瑰。面粉、鸡蛋加水调成糊状，将玫瑰花蘸满面糊放入热油中炸熟。金黄的色泽，酥脆的口感，加上浓郁的花香，味道好极了。

　　"现在，我宣布比赛结果，"我故意拉长音调，"1号选手胜出，2号选手'逆袭'失败，希望他下次再接再厉！"

　　获胜的老妈笑得合不拢嘴。在欢乐的气氛中，我们一家人品尝着美味，期待着下个月美食大赛的到来。

今年春天我很担忧

谭家俊

  冬去春来，又到了万物复苏的季节。窗外柳絮漫飞，小树随风摆动着身躯，清脆的绿叶为它伴奏，发出"沙沙沙"的声响，小花小草刚刚探出头来，好奇地打量着这个生机勃勃的世界。一大家人又相约在这绿意盎然的季节一起去郊游，可是，今年春天缺少了与病魔斗争的奶奶。

  奶奶，我很担忧您，您的病何时才能痊愈？您何时才能与我们一起去郊游？您的高血压一直是个顽疾，发作时会头脑胀痛，甚至下不了床。爸爸带着您四处奔波，寻找良医，却始终无法让您的病痊愈。

  记得那是一年暑假，烈日炎炎，天气闷热，我吃过午饭后来到客厅去看电视，却见您双手撑着桌子，脸色发白，眉头紧紧地挤到了一起，冷汗直冒。我想一定是您的病犯了，慌忙把您扶到床边躺下，正准备给爸爸打电话，您却一把抓住了我的手说："别告诉你爸爸，他今天在开会，别让他担心，我忍一忍就过去了……"奶奶啊奶奶，您总是这般倔强！

  后来，到了秋天和冬天，您的病发作得越来越频繁了。天气转凉，您的手也总是冷冰冰的，握在我手，忧在我心。——走过落叶和积雪，我总要为您祈祷。过去您给我做美味的蛋饼，在我睡前给我讲故事、颂诗词，现在我也多想为您做一些小事！等天气暖和了，我们一起出去走走好吗？

　　现在，春天已经到了。看，外面的世界姹紫嫣红，一片繁盛，空气中都充满生命的跳动！奶奶，过去您总是想着大家，关心大家，而今年春天，我也为您而担忧。您的病何时才能痊愈？愿您早日康复！

春节自驾行

蒋子玉

农历春节，是我们一家三口最为辛苦的时候。为了和分处安乡和岳阳的外公外婆、爷爷奶奶团聚，我们不得不坐着长途车两地奔波。长途车行车颠簸，空气又不好，我和妈妈每每因晕车而吐得天昏地暗，看得爸爸心疼不已。今年我家买了私家车，技术还算不上熟练的爸爸毅然决定要自己开车回去。

大年三十的中午，我们在外婆家早早地吃完了团圆饭，收拾好东西准备出发。我推开外婆家的大门一看，外面银装素裹，地上、树上、屋顶上全是雪，雪花在空中迎风飞舞。见此美景，我兴奋得在雪地上又蹦又跳，大人们的表情却有些严肃。

"这么大的雪，路上可一定要注意安全。慢慢开，千万别着急。"在外婆的嘱咐声中我们出发了。一路上，爸爸聚精会神地开着车，妈妈坐在副驾驶的位置上替老爸看着路，我躺在后座上抱着靠枕安心地睡着了。突然爸爸一个急刹车，我滚下了座位，猛然惊醒："怎么啦？""堵车了！"爸爸答道。我把头伸出车窗一看，外面的车已经排成了长龙。由于地上结冰路滑，车子像蜗牛一样在爬行。足足等了半个小时，我们才一步一停地挪到了五百米开外的南华大桥桥头。一个难题摆在了我们面前，由于天气寒冷，桥面结了厚厚一层冰，车子不停地打滑。爸爸是新手，第一次遇到这种情况，不知怎么应付，一连踩了几次油门都因为太滑动弹不得。我们正不知所措时，过路的一位出租车司机从车窗探出头来："不要紧张，握紧方向盘，上坡轻轻踩油门，下坡松油门，千万不要紧急刹车，另外两个人在两边慢慢推。"在好心师傅的耐心指导下，爸爸试了试，慢慢找到了诀窍，车子缓缓在桥上前行。大约十分钟后，我们的车子终于安全地驶过了南华大桥。我们谢过那位好心的出租车司机，重新上车出发。

　　一路上，因为地面积雪结冰，不少车辆出现事故。爸爸因为有了之前的行车经验，一路走走停停，小心谨慎驾驶，经过七八个小时，我们终于平安到达岳阳，一家人悬着的心终于放了下来。

　　过年了！过年了！我兴冲冲地点燃了烟花。屋内一路全神贯注驾驶的爸爸已经疲惫得沉沉睡去，脸上挂着幸福的微笑。

一个承诺改变了我的同桌

张钰杰

他是一个帅气的男孩儿。从幼儿园开始，我俩就是同学，现在他是我的同桌。他的学习成绩一般，经常受到老师的批评。

他练就了一手"弹指功"，无论是上课还是下课，他的手都不停地弹，这也许是他学习一般的一个原因。他的"弹指功"非常厉害，只要在你的脑袋上一弹，就会让你疼痛难忍！

我和他的"战争"接连不断……

语文课上，老师让我们做课堂作业，他的胳膊不断往我这边挤，我忍无可忍，将他的胳膊推了回去。声音惊动了老师和同学，几十双眼睛齐刷刷地投向了我们，结果我们一起被罚了站。下课了，我们只好谈判，画下一条互不侵犯的"三八线"，才平息了这场战争。画线时，他那个认真的劲儿呀，简直连一毫米都不肯让步。

但是，这条"三八线"并没有平息我们之间的"战争"。在接下来的日子里，他竟然一次又一次地越过"三八线"对我进行挑衅。可我只能用眼瞪着他，拿他一点儿办法都没有。

一天下午，他竟然出乎意料地邀请我去他家吃饭，还向我赔礼道歉。我征得妈妈同意后，就去了他家。他妈妈早就做好饭了，有蒜爆肉片、可乐鸡翅……真是丰盛极了！

等我吃完后，他突然神秘兮兮地对我说："张钰杰啊，我以后再也不欺负你了。我爸妈总是埋怨我学习不好，还经常受到老师的批评。我爸说了，如果这次考试我能考三个'A'，放假后就让妈妈领着我去西藏旅游。西藏那可是我做梦都想去的地方啊！你学习好，一定要帮我啊！"他眉飞色舞地说着，口水都要流出来了。

我终于明白了，他请我吃"大餐"的目的是想让我帮他复习，考三个"A"，好实现去西藏旅游的目的啊！我心中暗喜——一定要借这个机会，好好地改变他！我故意说："你经常欺负我，我才不帮你呢！"

他看到我认真的样子，带着乞求的口气说："求你了，只要能帮我，什么条件都答应你。"

"你说的是真的？"

"是真的！"

我看时机成熟了，就对他说："看来这次你是认真的，那我就答应你。不过，你必须答应我的条件。"

"好！"

"第一，不能欺负同学，当然也包括我；第二，不能再练'弹指功'，更不能伤害同学；第三，要认真听讲，不能影响别人；第四，你是男子汉，凡事要让着女孩儿……只要你按照我说的做，一定会在考试中取得三个'A'的成绩。"

"我全答应你，放心吧！"

一个去西藏旅游的承诺，竟然给了他这么大的动力，也许从此他真的会有所改变。

之后的几天里，他像变了一个人似的，上课认真听讲，不再欺负同学，按时完成作业。老师也表扬了他，还号召同学们向他学习。考试结束了，他高兴地对我说："新学期，我希望还做你的同桌。"

第二天下午，是学生返校的时间，也是公布成绩的时间。功夫不负有心人。当他拿到试卷时，高兴地握着我的手说："谢谢你！我成功了！"

我看到了他的成绩都是"A"。更令人高兴的是，他还被评为"进步小明星"哩！

放假了，无论他爸爸是否兑现这个承诺，他——我的同桌都已经做到了他承诺的事。一个承诺真的改变了他！希望他能梦想成真。

我的缤纷暑假

王馨怡

喜悦是红色的，愤怒是黑色的，哀伤是蓝色的，快乐是金色的。这四种颜色交织在一起，构成了我的喜怒哀乐，构成了我缤纷暑假的一个别具情趣的侧面。

先说喜悦。这个夏天，我的朋友妮妮来到我家做客。正值高温天气，一起享受水的清凉真是一件惬意的事。于是，妈妈带我们来到泳池，自己去看书。换上泳装，望着波光粼粼的水池，一股水的气息扑面而来，我不由得深呼吸。我愣过神，从梯子上下去。"水真冷啊。"我不禁打了个哆嗦。闲着无聊，我提议两个人比试游泳速度。"3——2——哎，你耍赖。"妮妮已经游了出去，我也顾不得发牢骚，赶紧跟上。顾不上姿态优美了，赢就行。我一会儿蛙泳，一会儿自由泳，总算是追上了。谁知，这时妮妮用力一蹬，又超过了我，我一看她要赢了，用上了全身的力量，拼命地游。总算超过了她，我的手脚也有些酸，但一抬头，终点就在眼前。有了动力，我的速度自然加快，胜券在握。果然，我赢得了比赛。

接着，再说愤怒。我们俩正在玩游戏。突然间，一波水花毫无征兆地落在妮妮脸上，妮妮毫无防备，呛了几口水。朋友有难，我把脸转向左边，一个男孩儿正无所谓地撇着嘴，我一看这表情，简直火冒三丈，我当时就向他泼水，奋起反击。他一副不相信的样子，愣过神，两面开弓。于是，一场世纪水战拉开帷幕。我用手挡住水花，戴上泳镜，开始反击。我满腔愤怒，疯狂地向外泼水，妮妮也像我一样。一时间，水花四溅。他一看已落下风便改变战术，用拳头击打水面，缓慢行走。我见这样没法阻拦他，就站在原地，让妮妮绕到他背后攻击，他一看求胜无望，骂了一声，说："哼，你们等着。"就灰溜溜地走了，走之前还不忘逞嘴舌之快。那个人走了之后，我还有些愤怒，和妮妮说了那个人好多坏话才作罢。

再写游泳时的悲。刚骂完人就遇到了倒霉事。我游泳转方向时，无名指被划分泳道的隔离带刮伤，还好只是破了点儿皮，虽然没流血，但是挺疼的。我坐在岸边休息，只能看着别人玩，我的心里是多么哀伤啊！

但是不管怎么样，我还是很快乐的，因为有我最要好的朋友妮妮陪我坐在游泳池边看别人游泳，我心中特别开心。在这一短暂而永恒的时间里，我们一边注视游泳池里你追我赶的活动，一边和自己最要好的朋友聊天，心里可快乐啦。

在这游泳池里，有喜，有怒，有哀，有乐，这四种不同的情感，构成了游泳池里乃至我的整个暑假生活的一道亮丽风景线。

一路陪伴，一路香

杨韦娜

牵着你的手，让我和你一起走。

——题记

"十一"假期，我窝在家里看了几天书，心里烦闷得很。我看到妈妈也闲着，就央求她一起去爬山。

我和妈妈一路颠簸，终于来到山脚下。山很美，向上看，好像笼罩着一层轻纱。但我急于登顶，想体验一下"会当凌绝顶，一览众山小"的感觉，而不是让它凌驾于我之上。我不管不顾地爬起来，一股脑儿往上冲。妈妈被我落在身后，我的心里虽泛过一丝愧疚，但我仍任性地向前冲。

山很陡峭，不好爬。我前面出现了一对年轻的母子。孩子两三岁，看起来很调皮，手里拿着充满香气的山花，手脚并用向上爬。有几次差点儿摔倒了，都是他妈妈在他的身后扶了他一把。他妈妈虽然嘴上骂着自己的孩子，满脸却写着心疼，恨不得摔倒的是自己。有妈妈的陪伴，真好！看着天真的孩子和满是爱意的妈妈，我想起了自己的妈妈，在我蹒跚学步时，她也曾无数次扶起我吧。我犹豫了一会儿，停下来，往下面看看，人山人海，没有看到妈妈的身影。

再往上走，瀑布飞溅，伸手去触摸那如丝绸般顺滑的涧水，一股清香沁人心脾。我并没有因此而高兴，内心却升起淡淡的惆怅。就要登顶了，眼前又出现了一对母子。不过，是老母子。母亲看起来七十多岁了，儿子也有四十多岁了。他扶着母亲，小心地一步一步往上爬。母亲爬得很慢，儿子耐心地呵护着，没有一点儿不耐烦的样子。老母亲似乎觉得拖累了儿子，摆摆手，让儿子向上爬。儿子没有自己爬，而是紧紧握着母亲的手。有儿子的陪伴，真好！看到这一幕，我内心一颤。我没有再往上爬，而是下山，寻找自己的妈妈。

在半山腰，我看到了妈妈。她正大口喘着粗气，满脸憋得通红，看来是不能再爬了。我赶紧过去，扶妈妈坐下。妈妈问我："登顶了吗？"我撒了个善意的谎言，说："登顶了。""好！我爬不动了，回吧。"我扶起妈妈，托着她的胳膊，慢慢地下山。山风吹来，带着缕缕清香。一路上和妈妈说说笑笑的，我的心里充满了惬意。

一路陪伴，一路香。山顶风景再美，若没有爱的陪伴，也终究只是风景。

我的小表叔

李成卓

看了题目，你肯定会想：表叔，那他肯定二三十岁了吧！但我写的可是我的"小表叔"哦！为什么是小表叔呢？因为他虽然辈分比我高，但是年龄和我不相上下。看到这里，你一定对我这个小表叔充满了好奇吧。下面，我就带你认识认识他吧！

我的小表叔小名叫小苹果，长着一张苹果脸，一激动脸就变得红彤彤的。他说起话来，一双小小的眼睛总是忽闪忽闪的，怪有生气的。他不仅是我的长辈，还是我的好朋友。我回老家时，经常和他一起玩。

小苹果在老家生活，身体很结实。我跟他在一起时，他经常提出要和我去比赛跑步，而我每次都找理由搪塞。我想：在这方面我哪能和他比呢？到时不挨他一顿嘲笑才怪呢！这时，他就会像大人一样批评我："怪不得你身体这么瘦小，就是因为你不爱运动。你得多学学我，养成爱运动的好习惯。"

除了这些，他身上还有许多值得我学习的优秀品质，最突出的是令我叹服的诚实。

有一次，我们俩一起打乒乓球，玩得不亦乐乎。我们连着打了十几个回合，一直不分输赢。我十分着急，心想：下个球一定要决出胜负，于是来了一个抽球。可我用力太猛，球不但没有落到桌子上，反而飞出去打破了一户人家的玻璃。我们面面相觑。这家里有一个很凶的老爷爷。我对小苹果说："那个球我们不要了吧！"小表叔仿佛突然间变成了大人，用教训的口吻说："不，玻璃是我们打碎的，我们得负责任！"说完，他不顾我的阻拦，跑到那户人家门前，勇敢地敲起了门。不一会儿，那个很凶的老爷爷出来了。我心里凉了半截：完了，小表叔肯定会被骂的。不等老爷爷开口，小表叔先承认错误，又向老爷爷道了歉。然而，老爷爷绷紧的脸松开了，他微笑着点了点头，不但没有批评小苹果，还把球还给了我们。

尽管我们是叔侄关系，可小表叔一点儿都不摆长辈架子。有时，我们吵架了，我总会说："叔叔还这么心胸狭窄！"我们每次出去玩，他妈妈总会叮嘱他："你做长辈的一定要保护后辈。"

有个小长辈，我觉得很好玩，也很有趣。不过，爸爸告诉我，小长辈这种现象在家大口阔的时代经常出现，以后会越来越少见。所以，我一定要珍惜这种亲情。

家有两枚"捣蛋"

宋雨姗

我和老弟可是家中的两枚超级"捣蛋"。没乱,我们来捣乱;有乱,我们来添乱!有我们在的地方,绝对是麻烦不断!

姥姥家和小姨家离得很近。中午在姥姥家吃完中饭,我和弟弟就要被小姨带回她家写作业了。我和弟弟走到屋外,小姨才走出客厅。我和弟弟一看时机成熟,便开始实施早已预谋好的计划。

我俩小身板灵活一闪,便出了家门。我赶紧把门把一拉!"嘭——",门关上了,我和弟弟在门外,扎着马步,身体往后倾,用力拉住门把,似乎为"保卫家园"宁死不屈。小姨在门内,怎么也打不开门,冲姥姥喊:"妈,你家门坏了吗?打不开呀!"我俩一听,相视一笑,哈!大功告成!我的食指勾了勾,弟弟心领神会,我俩飞速撤离"案发现场"。想必小姨听见了我们"匆匆"的脚步声,眉一横,有些气急败坏:"两个捣蛋鬼!看我怎么收拾你们!"谁要是听到这一句吼,肯定会觉得"河东狮吼"已经算不了什么了。

我和弟弟跑到小姨家门口好半天了,想等小姨来了,给她一份"大惊喜"！可等了大半天，小姨的身影愣是迟迟没有出现，好无聊！门也进不了，"惊喜"也送不出去！弟弟用手托住脑袋，浑身散发着"无精打采"，那幽怨的小眼神，分分钟能把人给"秒杀"了，只听他不住地抱怨着："怎么还不来呀？慢吞吞的！"弟弟对着空气一阵拳打脚踢，就在最后的完结动作上，忽听"刺啦"一声，我眼睛一瞪，完了！小姨家门上贴的"福"字——烂了！不行，这里也不安全，赶紧脚踩香蕉皮——溜回姥姥家吧。

姥姥家门口怎么有一个陌生人？弓着腰，歪着头，身边一包工具。走近一看，他正拿着钳子、起子——原来小姨的话灵验了，姥姥家的门，真的坏了！唉，这乱捣的，代价有点儿大了。

"快乐家族"的快乐春晚

王加冕

　　我今天要介绍的是我自己的"快乐家族"。我们这个家族一共有三十多口人，最年长的八十七岁，最年幼的刚出生一个多月。去年春节前，为了庆祝阿太大病痊愈和家族中三个新家庭的建立，我们这个大家庭举行了一场别开生面的家族春晚。

　　这场晚会的发起人是表姨，老妈作为她的最强拍档，两人早在春节前一个月就悄悄地通过QQ和电话"密谋"。她们拉人头、拉节目、拉赞助，十分敬业。这不，摄影高手小安舅舅被她们拉来作为晚会的御用摄像师，"女高音"小霞姐姐也被她们请来为晚会献唱，连我和小表妹也在她们的演员名单之列。你说这怎能不令人期待呢？

　　晚会准时开场。一段激情昂扬的主持词后，阿太被请出来给大家说几句。只见阿太满面春风，清了清嗓子，煞有介事地开了口："感谢共产党，感谢政府，让我这么大年纪还能享福……"底下的人全都笑出了声。

　　好戏开演了。我和表妹合作的风靡一时的骑马舞赢得了大家的掌声，家族的"小歌唱家"小霞姐姐的动人歌喉叫人陶醉，我的魔术表演"必杀技"更是得到了满堂喝彩。表演结束后是游戏环节，在众多游戏中，"踩气球"颇受年轻人的青睐，"宁波老话有奖竞猜"节目把现场气氛推向了高潮，而最受长辈们欢迎的莫过于"夫妻版你来比画我来猜"这个游戏了。大外公和大外婆一上场就来了个"开门红"。第一个词语是"冰箱"。只见大外婆灵机一动，说："剩下的饭菜放哪里？"大外公脱口而出："冰箱！"第二个词，大外婆比画道："洗衣服用什么？""洗衣机！"可惜，他们犯规了——因为不能说出词语中所含的字。就这样，一对对夫妻"你方唱罢我登场"，在短短几分钟内很多奖品就被他们纳入怀中。

晚会在三对新人领唱的《相亲相爱的一家人》的歌声中圆满结束。"新晋导演"表姨和老妈被众人强烈要求再搞第二届、第三届……这不，最近家族QQ群上又热闹了起来，不知道今年的家族春晚又会有什么新花样。

快乐的一天

买书把自己弄丢了

张天赐

是谁看书看得聚精会神？是谁看书忘了时间？让妈妈着急得就差登寻人启事了，这个人就是我！

四年级期末考试，我语文考了满分，奶奶奖励我五十元钱，让我买几本好书。

下午，妈妈带我来到书店，我迫不及待地寻找心里已经快想烂的那本书。妈妈知道我进了书店是不会轻易离开的，就去隔壁超市买东西，买完回来接我。妈妈走后，我东翻翻西找找，书店阿姨告诉我，我要的书卖完了。这一消息犹如晴天霹雳，在我心口上重重一击。我想了想，自言自语："不行，我一定要买到手。"于是我便向另一家书店跑去。进去后我快速地寻找，很快我眼前一亮，找到了！我长出了一口气。趁妈妈还没有来先看一会儿吧！我毫不犹豫地拿起它，窝在一个角落里，有滋有味地读了起来。此时我还不知道，几百米外的妈妈正在火急火燎地找我。

不知不觉已经很晚了，书店的阿姨亲切地说："小朋友，天已经黑了，你还不回家吗？"我抬起头，才发现书店里只剩下我一个人了，我急忙把钱递给阿姨，拿着书兴奋地走了。路上，突然发现妈妈着急忙慌的身影，我百思不得其解地问妈妈："您怎么了？"妈妈看见我一把抱住我："儿子，你去哪儿了？让我到处找你。"我听出来妈妈有点儿生气，"我去另一家书店了……"我说着把买到手的书炫耀给妈妈看。

唉！这次买书竟差点儿把自己给弄丢了，真是让我哭笑不得。

一 张 合 影

时迎彩

在我家的抽屉里有一张照片，那是奶奶临终前跟我一起合照的。

以前奶奶身体健康的时候，家里的活几乎全是她干。她每天都起早贪黑，把家里收拾得井然有序。奶奶除了干活之外，还特别关心我的学习。

记得有几次我的作业忘家里了，奶奶步行走几里路去学校给我送作业。其中有一次，我记忆犹新。到了学校我才发现作业又忘家里了，这可咋办？当时可把我急坏了。因为老师马上要检查作业，可是奶奶今天发烧，她不可能再来给我送作业。正当我急得如热锅上的蚂蚁，一个熟悉的身影出现在我的面前——奶奶。奶奶慈祥的面容出现在教室门口，她不停抖动的手攥住我期盼的作业本，及时地送到我的手里，微笑着说："小小年纪，咋总忘事呢？"说完奶奶就又离开了我。我踮起脚尖，透过窗玻璃，望着奶奶远去的背影，心里五味杂陈。

奶奶不仅关心我的学习，还很疼我。我每次放学，奶奶接我时都会拿一样好吃的东西塞给我。有一次，学校开会放学晚了些，奶奶骑着三轮车一直守候在学校门口外。等奶奶拉着我回到家，爸爸顿时火冒三丈责怪我说："这么晚才回来？是不是被老师扣下了……"我吓得哭了起来。"好了，好了，你就不要再吵娃了，以后早点儿回来就是了。"奶奶在一旁赶紧打圆场。然后我就跟在奶奶身后进了她的房间。

然而，我跟奶奶在一起的美好时光总是那么的短暂。奶奶患上了重病，从那以后，我一放学就往家跑，抓紧时间多陪会儿奶奶。眼睁睁地看着奶奶一天天消瘦，我们全家人心里都不好受。全家人都不希望到来的"日子"终究还是来了。

奶奶的病一天天的恶化。为了永远记得奶奶的模样，我坐在奶奶的床边和她合照了一张相。两天之后，奶奶就悄无声息地永远离开了我们。

奶奶走了，永远地走了。

我思念奶奶：奶奶，你在那里过得还好吗？

很多个晚上，我都是搂着我和奶奶的合影渐入梦乡的……

奶奶，我想你！

我最欣赏"疯子"

丁　颖

开学了，学校为实施均衡教育，重新分班了。我竟然不由自主地想念起那个叫我"呆子"的"疯子"，因为我特别欣赏她。

我喜欢助人为乐，不求回报，加上我没她聪明，所以，她叫我"呆子"。

至于我为什么要叫她"疯子"，和她自身有很大的关系。

她是一位文学爱好者，对诗和小说爱到极致。她有一个放在身上的小本子，每逢有感慨，她都会立刻记下来。有一次她值日，她洗碗时竟呆呆地看着水，忽然间灵感一现，她不顾手中的碗，不顾自己的脏手，用沾满油渍的手在衣服上找来找去，找她那宝贝如命的小本子。她说她怕灵感在找到小本子的前一秒溜走。对于这种疯狂，我是欣赏的。

前段时间，有女生带小说到班上来看，好奇的她也借来看，刚看完一页，她就爱不释手。从此，她迷恋上了科幻神话小说，每到下课时间，她都会激情澎湃地问我："呆子，你想当什么角色，我帮你在小说里实现，以后我的小说发表了，你和我就都出名了。"现在看来，这个想法似乎有些天真，但那时的我们却深信不疑。每次下课，我都和她讨论关于小说的那些事。例如：我的武器是火龙镖，绝杀是草船借箭——把敌人扎成"火刺猬"。她的武器是一支巨大的毛笔，绝杀是写诗——在写字时，带动内功，借笔在空气中的阻力打败对手。她的这种想象力也是我所欣赏的。

这个学期结束时，她的小说也写好了，我们高兴极了，拿着各自的零花钱去打印了这本读写笔记。五十六元，我们俩用半年省下来的零花钱换来了一本写着密密麻麻小字的小说。我们认为一切都是值得的。学期结束了，也到了我俩分别之际，我要求保留原稿。分离的一刻，她用圆珠笔在手指上画满蓝色，在本子后印下了自己的指纹。那一刻，她是多么庄重。我欣赏她对文学的尊敬。

和大多数聪明的人一样，她也很喜欢数学。班上的许多人有不会的题目就会去找她，她有一大本错题集，写满了她整理的所有错题。错题集是那么美观、整洁。做完题目，她总会检查两遍以确保答案的准确性。这种严谨的作风是我欣赏的。但她毕竟还是个学生，不可能每道题目都会，一遇到不会的题目，她就会跑到老师办公室去请教老师，尽管老师的办公室和我们的教室不在同一栋大楼里。有时老师不在，她就等下课去老师办公室找老师，直到她把这道题目完全听懂为止。她这种求学精神，是许多人望尘莫及的，也是我最欣赏的。

这就是"疯子"，一个名副其实的"疯子"。我欣赏她的小诗，她的小说，以及她对数学的痴迷，还有其他无法用语言描绘出来的优点。总之，我很欣赏这个"疯子"。

家有"手机狗"

高若希

看到这个题目你肯定会想，手机狗？是什么东西？是有手机功能的狗吗？哈哈！你错了，手机狗指的是整天拿着手机被手机牵着鼻子走的人。我的妈妈就是一只名副其实的"手机狗"。

镜 头 一

"丁零零——"，起床闹钟响起，妈妈懒洋洋地翻了个身，眼睛都没有睁开，就伸出手下意识地去摸放在床头的手机。她的手一触碰到手机，立马就像注入了一针强心剂，她一屁股坐起来，打开软件发一条状态：新的一天开始了！有的时候，遇到妈妈心情好，她还会随手拍一张自己的靓照，一并发出去呢！这个既定的序曲过后，妈妈才会正式起床、刷牙、洗脸，然后去做饭。

镜　头　二

妈妈做的早饭一般是老三样：面包、鸡蛋、牛奶。偶尔变个花样，比如：烙黄金饼、拌蔬菜沙拉、自制汉堡包……一做完，她就会拿着手机拍照，然后又忙不迭地发表在自己的朋友圈里，叫大家评论一下她的手艺。一看到好友们发来的"赞"，妈妈的脸就会笑成一朵花，那模样比吃了法国大餐还高兴！

镜　头　三

一天，妈妈出门忘了带手机，我故意把妈妈的手机藏了起来。刚藏好，就听见楼下传来"嗵嗵嗵"的上楼声。妈妈风风火火地从楼下跑了上来，一进门就像一只土拨鼠似的，把家里翻了个底朝天，妈妈的眉毛拧成了个疙瘩，嘴里还不停地嘟囔着："手机呢？手机呢？我的手机呢？"看着妈妈狼狈的样子，我忍不住笑出了声。妈妈怒发冲冠，厉声说："你这个小坏蛋，把我的手机藏哪儿去了？快给我拿出来！""就在你昨天穿的衣服里！"我战战兢兢地说。妈妈风一样冲过去，如愿以偿地拿到了手机，激动得好像恨不得抱着手机亲一口呢！

唉！看来在妈妈的心中，第一的位置永远留给她亲爱的手机了，我只能屈居第二了！

哎呀，我不能在这里和你们说话了，你看前面那个人，一边走路一边专心致志摆弄着手机，眼看就要撞到电线杆了，那好像是我的妈妈，救妈妈要紧，走啰！

弦在心上，与你分享

钟镇昱

星期四晚上，我和妈妈兴致勃勃地来到采茶戏剧院，我们要观看全国著名二胡演奏家胡大春、王亮生、邓建栋等参演的"情系安远·弦在心上"二胡音乐会。第一次聆听这种高端、大气、上档次的音乐会，我整个人激动得"不要不要"的！

领了节目单，我们便迫不及待地进了大厅。坐在座位上，我四下张望：左上角和右上角的小屏幕正在播放广告，前面是舞台，四面八方全是观众，好不热闹！台上摆着许多椅子，最前面是一个指挥台。哇，边上有四把大提琴哟！我从来都没有见过大提琴，原来大提琴比我的小提琴大好几倍呢！我还发现，所有的椅子都对着指挥台。

我看了一下节目单，里面有三位大师的名字和他们的简介。哇，胡大春、王亮生还是我们赣南人呢！想到马上就能享受三位大师带来的视听盛宴，我的小心脏"怦怦"直跳！

终于，全部演员都上场了。他们面带微笑，眼神中满含深情。再看看他们面前的乐器，有梆笛、高笙、低笙、中笙、唢呐、高胡、二胡……让我眼花缭乱。

指挥王爱康上场了。他非常绅士地向台下鞠躬，台下顿时响起了一片掌声。王指挥轻轻转身，背对我们。他优雅地抬起双手，在空中定格。此时，台上的演员、台下的观众，几千双眼睛都看着他，大家都屏住呼吸，生怕自己会一不小心发出声响，打破这美妙的意境。突然，王指挥的双手用力一甩，整个乐团立刻动了起来。舞台上拉的拉，弹的弹，吹的吹，打的打，一首《春节序曲》把我们带入了举国欢庆的情景中。台上的演员可投入了，特别是三位大师，他们微闭双眼，满含笑容，全身随着音乐的节奏舞动着。这欢快而又热烈的乐曲直击我们的心灵，曲终时，大厅里响起了热烈的掌声。

随后，精彩的曲目陆续上演。《吴歌》婉转灵动的音符给我美的享受，《葡萄熟了》把我带入维吾尔族载歌载舞庆贺丰收的情景中，《二泉映月》让我感受到盲人阿炳的悲伤……观众安静极了，有的专心地看着台上，有的靠在椅子上闭眼享受，有的已被音乐催眠，有的小声哼唱，有些老年人已老泪纵横了……

最后，音乐会在激奋昂扬、节奏铿锵的曲目《战马奔腾》中落下帷幕。当会场灯光亮起时，我还沉浸在音乐中。我的内心被音乐洗涤着，我觉得任何美景与音乐相比，都显得苍白无力。我回味着二胡那醇厚圆润的音色，第一次感受到那弦其实是——心上之弦。

一个永挂嘴角的微笑

王贵一

开心时，你在笑；失落时，你在笑；被老师训时，你依旧在笑，微笑仿佛永挂在你的嘴角。

那天，微风，微凉。

我遇见的最后一片挂在树枝上的叶子，仿佛在暗示我，冬天的脚步已经在此驻足了。我拿着扫帚出去与那被风吹得到处乱飞的树叶打交道，刚一出门，微风拂过，在树上坚持许久的那片叶子也随风飘落了下来，我的手不由自主地缩到袖子里面。陪同我一起值日的你，望了望我，然后微笑地将热水袋递给我，此时，我的手虽然冷但心好温暖，我感动地对你说："谢谢，不用了，你用吧，你也这么冷。"你还是笑了笑说要给我，被我婉言拒绝了。值日时，娇小的你拿着扫帚仿佛很沉重，但你依旧在笑，你会为一个小动作而笑，会为一句不经意的话而笑。空旷的操场，灰蒙蒙的天，微风拂过，再也感受不到丝毫的凉意，繁忙的清晨都沉浸在你的微笑之中，好温暖。

那时，那个微笑让我感到温暖。

那天，微风，微凉。

忙碌的早晨才刚刚开始，我们的校长就"视察"到我们班了，不幸的你被老师训了；你的作业被别人拿去抄了，结果你受到了惩罚，看到你的处境，我便想前去安慰你，我轻声地问："你没事吧？"你却含着泪水冲我微笑了一下说："没事！"看得出来那个微笑很勉强，但你依旧将微笑挂在嘴角。

那时，我记住了那个乐观的微笑。

那天，微风，微凉。

我第一次在办公室和语文老师"共进午餐"——没完成作业被罚，很长时间都在那里蹲着背书，你过来微笑地对我说："我给你买什么饭？"我说："不用。"就这样你走开了，望着你离去的背影，我只能孤独寂寞地独享自酿的苦酒。幸好语文老师"心太软"，很快就放我回去了，但因过了饭时，一路上我都为中午吃不吃饭纠结，到了班里突然发现自己的课桌上有一包好吃的，竟一下子有了食欲，不禁问你："是你买的？"你微笑地回答道："嗯，也不知道你喜不喜欢，将就吃吧！"顿时，一切烦恼都淹没在你那温馨的微笑里。

你那温暖、淡定、善良的微笑，你那永挂嘴角的微笑，让我欣赏，也让我安心。

酒桌上的"礼仪"

王　章

这天晚上，爸爸的同事请包括爸爸在内的单位所有工作人员吃酒席。爸爸问我愿不愿意一起去吃，我一听有免费的"大餐"，自然是"吃"不容辞，欣然应允了。

我们乘车赶到"大地酒餐"，来到了爸爸同事预订的包厢。已经有不少同事来了，大家坐在沙发上，东拉西扯，聊得海阔天空，笑声此起彼伏。爸爸也加入了聊天的行列，而我则在一边玩，心里想着什么时候开饭。

终于开席了，我高兴极了，因为我那直唱"空城计"的肠胃可以"休息"一下"沙哑"的"嗓音"，吃点儿"润喉片"了。菜很快就上来了——是铁板牛肉！我垂涎三尺，真想将其一扫而空。见我那馋样儿，一位叔叔风趣地说："来，让我们的小朋友先吃！"我不好意思地笑了笑，正要动手，忽然发现爸爸正朝我瞪眼。顿时，我就像一只气球充好气刚要飞，却又被大头针戳破，"哧"的一下泄了气，没了劲儿，我刚才壮起来的胆气立即消失得无影无踪，手也像触了电似的缩了回来。我不自然地说："唔……叔叔……你……你们先吃吧……"叔叔们见我这副模样，大笑起来，便动起了筷子，边吃边谈笑起来。只有我没有动筷子，只觉得心被钢针扎了似的疼，过了好久才反应过来，木木地吃起东西来。

吃了饭以后，大家聊了起来，一位叔叔叫服务员拿了几箱啤酒来。他打开箱盖，拿出啤酒，给每个人都斟上一杯。我想不到爸爸也斟了，因为爸爸平时很少喝酒。可转念一想：在酒桌上不喝点儿酒呢肯定不好，估计爸爸会少喝一点儿吧！可没想到，爸爸却一杯又一杯地接受同事的敬酒，喝了一杯又一杯啤酒，还做出容光焕发的样子和大家说笑。我知道爸爸的酒量不大，看他全身红彤彤的，可不能再喝了。于是，我悄声对爸爸说："您如果吃不消就别喝了！爸爸，喝这么多酒会伤身体的！"哪知爸爸狠狠地瞪了我一眼，吓得我不敢再说下去了，然后他又和同事们干杯。我呆若木鸡地坐在一边，不知道为什么爸爸明明不能喝了还要继续喝……

过了良久，酒宴散了，爸爸醉醺醺地带着我打的回家。一进家门，爸爸就直喊头晕，倒头就睡，还吐了一地。妈妈连忙拿毛巾给他擦脸，拿解酒的黄瓜给他吃，清理呕吐在地上的污秽物。等她忙完，我把今天的赴宴经历和她说了，问道："妈妈，为什么爸爸不让我吃东西，而且明明不会喝酒却喝了那么多？"

妈妈笑道："傻孩子，宴席上晚辈对长辈要谦恭拘束一点儿，等长辈动筷子了，晚辈才能吃东西。另外，在酒席上拒绝别人的敬酒不大好，所以你爸爸才喝了那么多。这都是酒桌上的礼仪呀！"

听了这些话，我一怔，这……这就是"礼仪"？为了这礼仪失去了"自由"，为了这礼仪伤了身体……这怎么能算得上礼仪？我陷入了深深的困惑之中……

酒桌上的"礼仪"，真的十全十美吗？

艰难的分享

杨雨涵

周日上午，我在比赛中有缘结识的黄老师突然打来电话，邀请我明天到现场聆听有"嫦娥之父"美誉的欧阳自远院士的讲座。他说，这次讲座是专门为青少年开设的，我还可以多带几个小朋友参加。这个好消息可把我激动坏了，我竟然有机会聆听中科院院士的讲话，这是多好的机会！就算听不太懂，能一睹院士的风采也是无比幸运啊！

"把这个好消息分享到班级微信群里，这样大家就都能看到了。"我刚说出这个想法，爸爸就说："这样似乎不太好，咱们未征得班主任老师的同意就在群里发消息，好像不太尊重老师。"我一想，确实是这么回事，因为老师说过，不要在群里乱发消息。

"要不，建一个专门的小群，想告诉谁就把谁拉进来，在群里说一句，大家就都知道了。"我说。

"不好吧，这样朋友们可就感受不到你对他们的特别情义了，这个机会看起来也没那么珍贵了。"妈妈若有所思地说。

"看来，我只能当一回'人肉分享机'了！"我边说边拿起手机。

打开微信，看着通讯录里的众多好友，我不禁犯了难：到底要分享给谁呢？对了，先分享给赵依然吧，她可是我的好闺密啊，有好事怎能忘了她？虽然她不太爱学习，最近还迷上了微商，但我还是希望她能给我做个伴。想到这儿，我用一串语音把这个好消息分享给了赵依然。果然是好闺密，给面子啊——她秒回了我一条："什么鬼？""一个关于外星人的讲座……"我耐心地解释。我满心希望地以为她被吸引住了，谁知，她一条有些不耐烦的语音砸过来，立马砸碎了我的幻想："不感兴趣，懒得去。对了，上次给你看的笔袋到底要不要？不要我就给别人了……"

我无趣地退出了聊天界面，寻觅下一个分享目标。

嗯，分享给我的"上级领导"——大队长董佳佳吧，我得和她搞好关系，万一她喜欢，以后说不定还会给我分配几桩美差呢！想到这儿，我激动地发出了一条热情的语音，可等了好一会儿也不见回音。

也许她不在线，没有看到，那就再看看其他人。

对了，应该分享给彭非，她可是大名鼎鼎的彭老师家的孩子。虽然她比我低一个年级，但谁都看得出大队辅导员对她的器重。即使这个好消息她不一定感兴趣，但至少可以表达我对她的"尊敬"。于是，两条绿色的信息带着我的好意飞上了屏幕。可惜，石沉大海！

哎，她们怎么都不积极啊？啊！我想起来了，找超级学霸吴桐啊！他平时可是不放过任何一个学习的机会，如果把这个机会给他，他肯定会"狠狠"地珍惜并感谢我的！我仿佛打了鸡血一样把消息发给了他。到底是学霸，吴桐没有辜负我的期望，立即回复愿意参加，还对我说了"谢谢"。

　　第二天出发前，我仍然盼望还能有人和我一同参加。我急切地刷着微信，一个带红点儿的头像蹦了出来，是董佳佳发来了一串语音。我急忙放在耳边细听："Sorry，昨天上午我出去上课了，晚上回来得特别晚，没有看到信息，所以没有及时回，抱歉。晚上同学约我去她家，没时间听讲座了。"

　　董佳佳柔美的绵羊音成功地让我的心软成了棉花。

　　现场聆听讲座时，我和吴桐时而深思，时而大笑，尽情享受着院士烹制的科学盛宴。与朋友分享的过程虽然有点儿艰难，但分享的结果还不错啊！

人生需要好习惯

陈宝霖

我常常会想起老师常说的一句话："学坏习惯容易，养好习惯难，若不给自己定一条规则，那么就很容易走弯路。"到了六年级以后，我越发感受到这句话的重要性。

那天上数学课，老师讲完课之后，见还没有下课，便让我们拿出正本做题。我从抽屉里拿出本子，哗哗翻了几下，突然发现我要做的那一页后面印的那张稿纸格子不翼而飞了，因为发下来的作业本上面都没有印刷和稿纸一样的那种线，所以每逢做正本的时候下面都要印一张稿纸，防范写字时不整齐。可现在稿纸不见了，我也懒得再去找一张，便将就着写了。

可写完之后我一看，上面的字体弯弯扭扭，有的挤在一起，而有的却相隔甚远，整张字体都不堪忍睹，心中叫苦："天啊，我不就是没在下面衬稿纸吗，怎么就这么难看！"我立即撕了，重新在下面又衬了一张稿纸，一笔一画按照稿纸的线路走，写出来果然整齐极了。

事后，我回想，如果我们不能给自己的心中定一条规则，就像在夜路中行走，一路摸索，到头来自己的人生轨迹弯弯扭扭，就像我没有给正本下面衬稿纸一样，终究以失败收场。如果自己心里有明确的目标，一步一步按照自己的目标走，当我们回头一看，会惊喜地发现，自己的人生道路是多么笔直、美丽。

人生只有坚持好的习惯，才能到达我们要到的地方。

以前，我的日记往往只写半页多一点儿，便认为足够了！有一天，我无意中翻起黄怡越的日记本，上面密密麻麻，字体不算漂亮，但很工整。更重要的是，她的每一篇日记都占了满满的一页，文笔流畅，一丝不苟。那一刻，我好惭愧，为自己的自满而羞耻。别人都可以很好地完成，那我又有什么理由不把自己所能做到的事情做得更仔细、更精致、更加一丝不苟呢？通过日记的长短可以看出每个人的态度。现在，我已经尽力将每篇日记的字数写得更多，字迹尽可能更美，内容尽可能丰富了。我要改变自己的缺点，努力吸收他人的优点。人外有人，天外有天。我只有不断超越自己、改变自己，我的奋斗之路才可能走得更远。

奥斯特洛夫斯基说过："人的一生，不能不燃烧便腐朽，我要燃烧，我不会腐朽！"是啊，我要成为一团火焰，又怎么能让自己腐朽。

我爱豆腐花

陈　思

天气稍冷，我便经常缠着妈妈到街上吃豆腐花。

豆腐花是用没有点卤的豆腐做成的。中等大的白瓷碗，先放入少许酱油、麻油、醋、味精、大头菜丁、芹菜等材料，再用铜制的大勺在一直用小火温着的大锅中轻轻浮在上面一舀，又白又嫩的豆腐花便盛到了碗中。

只要花上一元钱，便能买到满满一大碗热腾腾的豆腐花。我用小勺子在碗里轻轻一搅，诱人的香味扑鼻而来，立刻勾起了我的食欲。顾不得烫，小心地吃上一口，那柔软爽口的豆腐花就顺着喉咙滑到肚子里去了。我狼吞虎咽地吃完这一大碗，鼻头上已经是汗津津的，身上也暖洋洋的，冬天的寒冷立刻被驱散了。

吃的次数多了，妈妈便和卖豆腐花的阿姨熟识起来。妈妈给我讲了她的故事：

两年前，她下岗了，丈夫也因病早她一年下岗了。儿子还在上初中，她一下子就成了家里的顶梁柱。她不能倒下，所有的痛苦和眼泪都必须独自咽下。

以前在工厂的时候，她每天都是七点起床，不慌不忙的。现在，她忙碌得像头骡子。每天半夜起床，磨豆子，做豆腐，干家务，下午便到街上卖豆腐花。

刚出摊时，大家都担心她卖不出去。大家也无法想象个性温柔、腼腆的她在大街上卖豆腐花。没想到摆摊没几天，她的嗓门就一下子亮了起来，对着街上熙熙攘攘的人高喊："卖豆腐花！豆腐花营养又便宜哦！"有些时候，她甚至还会编出一些新词，引得来往的人不时地将目光投向她，生意自然不错。虽然说比以前辛苦了许多，但总算是自食其力，生活也有了奔头。

由于她的辛勤，她小小的摊子竟然出了名，兴化电视台还专门报道了她的美食小摊。

吃着豆腐花，看着眼前这个一脸微笑的阿姨，我丝毫感觉不出她的苦闷和哀愁。她仿佛就是一朵美丽自信的豆腐花……

我爱家乡的豆腐花，更爱像豆腐花一样勤劳的家乡人，虽然他们过着清贫的生活，但却享受着有滋有味的人生！

缩水的"传家珍宝"

孙嘉存

　　秋天，姥姥花了很多钱买了一件兔绒毛衣。它是浅绿色的，胸口绣着水红色的珠片组成的鸟儿，阳光一照，熠熠生辉。姥姥穿着它，犹如风中的绿荷，令人眼前一亮。大家都夸她："眼光棒极了，颜色漂亮，质地又好……"还有阿姨借它去参加时装表演呢。姥姥自然超级开心，视这件毛衣为"传家珍宝"。

　　有一天，姥姥提着一个看起来很大牌的袋子来我家。一进门，她就郑重地走到妈妈面前，小心翼翼地拿出那件兔绒毛衣，说："这件毛衣可是很珍贵的啊，我吃胖了，穿不了了，现在我把它传给你，你一定要好好地穿啊！"妈妈看着姥姥一脸庄重的样子，便迎合她，说："放心吧妈，我一定会好好爱惜的。等我不能穿了，再传给我儿子。"姥姥听了，满意地笑了。

　　快过年了，妈妈说："我不打算买新衣服了，把你姥姥送我的'传家珍宝'洗洗，穿上它去你姥姥家拜年，你姥姥一定很开心。"

　　洗衣机停止转动后，妈妈抹去额头上的汗水，取出散发着香味的兔绒毛衣，很庄重地走到阳台上，工整地把毛衣晾好了。

快
乐
的
一
天

"传家珍宝"沐浴着冬日的阳光，看起来更加水灵了。

晚上，我去阳台上收衣服。"咦，妈，你啥时候洗了一件小孩儿穿的毛衣啊？"我拿着小毛衣，连忙跑到妈妈面前给她看。妈妈看看毛衣，翻过来，呀，是姥姥传给她的"传家珍宝"！它怎么变小了？好像被施了缩身术，长度不及原来的一半了。妈妈赶紧给姥姥打电话，主动承认错误。姥姥得知"传家珍宝"被毁，心疼得直"哎哟哎哟"，在电话里教育了妈妈一番："兔绒毛衣只能干洗，因为毛的结构不同，兔毛外层有鳞片，就像鱼鳞一样。当兔绒毛衣被揉搓后，毛的鳞片卡在一起，很难再拉开，毛衣就缩水了。"妈妈不住点头，嘴里不停说："这下长知识了，这下长知识了……"

看着变小的衣服，我哈哈笑个不停，赶紧穿在身上。毛衣绷在身上紧紧的，厚厚的，长度才到我的肚脐眼。妈妈摸着毛衣，眼里全是懊悔："这'传家珍宝'传得有点儿快，直接隔代传了哈！"我一边照镜子，一边故意扭着腰说："姥姥这会儿看到我，会不会以为多了个外孙女呢？"妈妈也被我逗笑了。

人在囧途之吃方便面

李沛文

　　早就听说马来西亚是个风景秀美的旅游胜地，暑假，我终于一睹它的真容。我们一家畅游了波得申的蔚蓝海湾，欣赏了云顶的缥缈云雾，领略了吉隆坡的繁华街市，一切都如传说一般美好——除了吃饭。

　　马来西亚的一日三餐几乎都是一个味道——咸。对于吃惯了麻辣火锅、毛血旺、水煮肉片这些美味的重庆人来说，无异于一种折磨。前两天还能忍受，到了第三天，我们实在是受不了了。于是，我们决定来一次"味觉突围"——到酒店旁边的便利店买几包方便面，尝尝马来西亚式的辣。

　　出于对辣的渴望，在选方便面的时候，有没有辣椒标记成了唯一的标准。我是我们家的"喜辣小千金"，但又不能吃太辣的，所以我选了一个看起来只是"微辣"的方便面。爸爸是个"爱辣超人"，他果断地选了一种辣椒图标特别多的方便面。妈妈每次吃饭都无辣不欢，自然选了最辣的一种方便面。

　　结完账回到房间，大家迫不及待地忙碌起来：爸爸取出水壶烧水，妈妈把方便面桶一个一个打开，我则拿出调料包研究起

157

来。调料里面有香油和辣椒，看起来和中国的方便面调料差不多。除此之外，还有一个白色的小纸袋，看不到里面装的是什么，包装上也没有明显的标记。这不会是马来西亚方便面的"秘密武器"吧？

水烧开了。爸爸往方便面桶里加水，我把调料包一包一包地撕开，往桶里加调料。当我打开那个神秘的白色袋子时，妈妈突然一声尖叫，把小袋子夺了过去。她大吼："你怎么能把这个倒在面里？这好像是干燥剂！"听她这么一说，我也吓了一跳，心想：幸好没倒进去，不然中毒了可怎么办？

爸爸拿起小纸袋，用手捏了捏，又用鼻子闻了闻，说："以前见过的干燥剂颗粒都比较粗，这包东西很细，应该不是干燥剂。"妈妈还是不放心，决定上网查一查。但酒店的网络信号不好，网页老是打不开。泡面的香味已经慢慢地散发出来，馋得我口水都差点儿掉下来了。我忍不住尝了一口，总觉得差点儿什么味道。我想，或许那个小袋子里装的真是"秘密武器"。当我把这个想法告诉妈妈时，她居然大发雷霆："要真是干燥剂，吃了是会出人命的！"

这时，一声"哈哈"打破了僵局。爸爸郑重宣布，经过他的仔细查看，在纸袋包装上发现了一个印得很浅的单词——salt，也就是说，袋子里装的是食盐！我恍然大悟：难怪刚才尝的泡面差个味道——差咸味呀！

在笑声中，我们高兴地享用起了异国他乡的方便面……

老师的考验

蓝　晨

上课了，林老师走进教室，微笑着说："同学们，请仔细观察《口语交际》的第一幅图，看看树上藏着什么秘密。"

没等老师说完，许晖翔就举起了手，兴奋地喊道："老师，树上有11个人头！"接着，又有两个同学举起了手。我把目光转向其他同学，他们有的用手指指着图片一个一个地数；有的歪着脑袋趴在桌子上数；有的竖起书本，把眼睛瞪得溜圆，生怕漏数一个。而我，数了一遍又一遍，可是一会儿10个，一会儿8个，一会儿又变成了11个。数着数着我都晕了，脑子里堆满了问号。怎么办？我只好集中精力认真再数一遍，1、2、3……这次我数一个画一个，生怕多数或少数了。数完了，结果是10个。

"几个呀？"林老师问。

"10个！"同学们不约而同地说。

"11个！"林老师诡异地说。

啊？11个？明明是10个呀，哪儿来的11个？我闭了一会儿眼睛，又数了一遍，还是10个。

"认为是10个的举手！"

许多同学齐刷刷地举起了手。有几个同学看见这么多同学举了手，我也犹犹豫豫地举起了手。

"认为是11个的举手！"

也有几个同学坚定地举起了手。

当然，班上还有几个同学两次都没举手，他们还在举棋不定呢。

林老师的目光扫过每个同学，然后，大声宣布："10个！"

"耶！"认定10个的同学欢呼起来。

林老师请余文彬上台指一指那10个人头在哪儿，余文彬乐颠颠地走上讲台，逐个指给同学们看，然后又走回自己的座位上。

林老师清了清嗓子，说："同学们，开学第一堂课，我就告诉过你们，在学习中，要做到不唯书，不唯师，不唯上。今天，林老师考验了你们一回，有些同学坚定了自己的看法，有些同学被别人的看法左右，有些同学更是表现得不知所措。记住，今后无论做什么事情，请自信些、勇敢些，大胆表达自己的意见，千万不要没主见，优柔寡断，甚至被别人牵着鼻子走。"

"自信些、勇敢些，大胆表达自己的意见……"林老师的话一直回响在我的耳畔……

名贵文雅的君子兰

魏志月

世界上有人喜欢色彩艳丽的牡丹；有人喜欢芬芳吐艳的月季；有人喜欢千姿百态的菊花；也有人喜欢芬芳扑鼻的茉莉……但我却喜欢那名贵文雅的君子兰。

我家有一盆君子兰。刚开始，我仔细地观察那盆君子兰后发现：它那肥壮的茎像圆鼓鼓的小皮球，更像大蒜头和洋葱头。刚长出来的叶子是嫩绿色的，时间长了就变成深绿色的。过了几天，从叶片中间长出一根手指般粗细的花茎，我摸了摸花茎，感觉君子兰的花茎硬硬的，厚厚的，在扁扁的花茎顶端长出了四五个豆粒般大小的绿色花苞。随着花柱一天天长高长大，那些花苞也渐渐饱胀起来，花苞终于绽放了！小喇叭般的花儿火红火红的，鲜艳夺目，像天边的红霞，像燃烧的火焰，花儿翩翩起舞，真是美不胜收，让人迷醉。

它虽然没有太阳花、梅花那么坚强，但是它在我心中却非常清秀。君子兰——它那碧绿挺秀的剑叶、富贵丰满的花容、艳丽的色彩、细腻的花瓣，盛开时灿烂夺目，有着热烈欢舞和娇莹发光的气氛，使人心旷神怡。花蕾站在一层兰叶间，像骄傲的公主亭亭玉立，又像指挥千军万马的大帅霸气十足。

妈妈告诉我："君子兰喜半阴，气温以十至二十五度为宜，适宜在疏松肥沃的微酸性有机质土壤内生长。君子兰正常情况下每年开花一次，所有的中国君子兰都属于大花君子兰，且花色以红色和橘色为主。"

君子兰虽然一年只开一次花，她的花香和美丽也只能展现一个月，但是我还是喜欢它那墨绿的大叶子。

我忽然想起曾有这样的诗句赞美君子兰："叶宽常叶绿，脉络宜分明。金盘托红玉，银蕊发幽情。立似美人扇，散如凤开屏。端庄伴潇雅，报春斗寒冬。"

我喜欢那名贵文雅的君子兰，君子兰用它自己的美，点缀了我的家！

等待妈妈的夸奖

韩 伟

妈妈在我的学习和生活中扮演着一个重要的角色。她一直帮助我，鼓励我，使我不断地进步，可有时……

有一次，学校举行了一次月考。在考试的过程中，无论哪一门科目，我都是认真地答，生怕做错了哪一道题。

不久，考试结果出来了。我考得还不错，被评上了"三好学生"。我很高兴，心里想，要是我把这一好消息告诉妈妈，妈妈肯定非常高兴，一定会表扬我的。

回到家后，妈妈正在做饭。我连书包都没放下，就跑进厨房向妈妈喊道："妈妈，我得奖了！我得奖了！"

妈妈转身看了看我的奖状，只是笑了笑说："继续努力！"然后又转身做饭去了。我只好拿着这张来之不易的奖状转身回了房间。

虽然得了奖，但我却一点儿都不开心。因为刚才妈妈的眼神里根本就没有那种我希望看到的兴奋的感觉。

于是我就暗暗地发誓："下一次考试，我一定要好好表现，然后拿到妈妈的面前，我一定要让妈妈好好夸我一番！"

163

在以后的日常生活里，我处处做一个懂事的孩子。每天帮爷爷奶奶端饭，双休日就主动打扫房间，帮妈妈干家务，等等，为的就是让妈妈每天都有一个好心情。同时，在学习上我一直在暗暗努力，丝毫不敢松懈。

期中考试后，我把试卷拿出来。我感到心里很紧张，害怕拿到妈妈面前会像上次一样。最后，我鼓起勇气，走到妈妈面前。不过这一次，妈妈很认真地将试卷从头看到尾，终于，她抬起头，微笑着看着我好一会儿，眼睛里满是赞赏的神情。这时，我感觉心里像春风拂过一样舒畅。

快乐的一天

杨家更

每个人都会把快乐的一天永远记在自己的心中。我也有最快乐的一天，那就是2017年7月14日。

7月13日，我们全家就做好了去依兰巴兰河漂流的准备。7月14日，早上三点半，我们就出发了。

那天的天气非常好，晴空万里、空气新鲜。爸爸和小叔每人开一辆车向依兰巴兰河方向奔去。一路上，我觉得天比以前更蓝，云比以前更白，路边的花草树木都在向我们微笑，一切都显得那么美丽。

时间过得真快啊！一转眼我们就到了依兰巴兰河。巴兰河很长，是松花江的支流。我们把一辆车停在山下，开着另一辆车上山，买了一张66号的票，我高兴地说："六六大顺，这张票真好。"我们排了一会儿队，终于到我们了。

我们全家向船上跑去。我们先穿上救生衣，然后拿起"武器"跳到船上，工作人员在船尾帮我们保持船的平衡。我们已经准备好了，马上就要进行"水上战斗"了。妈妈和奶奶在后面划船，小婶在她们前面保卫，小叔和爸爸在我后面攻击，我在最前面，全身趴在船里，只把脑袋和水枪露在外面。我看见了别人的船，他们正在打水仗，我叫妈妈她们快划。我们越来越快，已经跟在了别人的船的后面，小婶、小叔、爸爸和我已经做好了战斗的准备，我先向那个主力开了一炮，只见一道水柱，正好喷到了他的头上，爸爸他们也拿起盆子往他们身上泼水，他们还没反应过来，就已经被浇成落汤鸡了，看着他们狼狈的样子，我们哈哈大笑。"敌人"们非常慌乱，他们想逃走，但不可能了。在我们猛烈的攻击下，他们只好举手投降了。

过了一会儿，我们全上了岸，休息了十分钟，就又开始漂流了。我们又看见了那条被我们打到投降的船，可是这次他们有了两条船的救兵，我们被他们包围住了。他们全军出动，把我们打得非常惨，我们的"兵器"已经不足了，只好投降了。

战斗结束了，我们慢慢地划着船欣赏着河边的美景。当船划到一棵松景点时，妈妈让我们站在船上，把我们和这美丽的风景拍了下来。我们到了终点，恋恋不舍地离开了巴兰河。

中午，吃完饭后，我们又去佳木斯玩，主要游览了佳木斯的公园。公园里的景色特别美，有凉亭、喷水池——我们开心地玩着，公园里到处是我们的欢声笑语。

玩完到家后，已经是晚上十二点多了，我们全家人都感到非常开心！

这可真是快乐的一天啊！它将永远留在我的记忆中。

煨 山 芋

张 翔

牛屎煨山芋，听起来都让人大倒胃口，还会让人有食欲？它却是父亲记忆中的美食。

据说父亲儿时是个不折不扣的顽童。放学回家的那一段田间小路，被他夸赞得情趣无限，俨然是一首未经修饰的田园小诗。赭色的小路在田野间蜿蜒，路两旁的青草如飘带相随。途经邻家山芋地，禁不住诱惑，父亲不免动了"偷窃"的念头。于是，父亲操起两只"五齿小肉耙"，迅速扒出几个细长红润的山芋，用衣服裹着，乐颠颠地跑到溪边。

洗净山芋上的泥土，用半湿不干的牛屎"包装"一下，然后挖一个小土坑，放一些干枯草，再把"包装"好的山芋放进去，填满干牛屎。火柴"哧"的一声，枯草着了，也引燃了牛屎。一脉潺潺的溪水，一个守候的少年，袅袅的青烟随风飘荡，简直就是一幅绝佳的风景画。

父亲说，煨熟的山芋又香又甜。用牛屎烘烤出来的山芋，城市的孩子甭说享用了，听了也会觉得要恶心呕吐了。

如今，父辈那种清贫的农家子弟所特有的野趣与欢乐，似乎也浸润到了我的心里。双休日，倚着高高的田埂，在冬日正午的阳光下，几个身影在田埂上下飞快地奔跑着，活像一群忙忙碌碌的蚂蚁。这正是我和我的同伴们在烤山芋。我们有的折枯树枝，有的收集干草，有的挖坑垒灶，忙得不亦乐乎。

点火烤山芋的一刹那，欢声笑语随烈焰飞腾。

柴火堆里烤出来的山芋，十有八九是外焦内生的。我想，要是在家里，肯定谁也不会吃的。但在这里，大家却吃得津津有味。因为大家品尝的不仅仅是块山芋，还有一份快乐的心情。这种快乐，就像父亲当年用牛屎煨山芋时的感觉，无论过多久都会回味无穷。

至此，我才真正感受到：美食，应在全过程的参与中获得，而非纯粹地去享用。牛屎或柴火堆里煨出的山芋，貌虽丑陋，但比起现代文明制作的食品，更让人回味和留恋。